L'INDÉSIR

L'Iconoclaste,
26, rue Jacob, 75006 Paris
Tél. : 01 42 17 47 80
iconoclaste@editions-iconoclaste.fr
www.editions-iconoclaste.fr

JOSÉPHINE
TASSY

L'INDÉSIR

L'ICONOCLASTE

À ma mère

Prologue

Ce matin, je me suis réveillée avec une impression d'hier.

J'ai regardé mes pelures de la veille abandonnées là où hier je les ai laissées.

J'ai vu ma robe en soie, couleur de peau, elle colle mon corps les soirs où je veux qu'on le voie, elle repose dans un coin, froissée sur le parquet, elle n'a plus l'air de rien. Mon soutien-gorge gisant devant la cheminée, le rouge qui écrase mes petits seins pointus, et ma veste en cuir noir qui doit sentir encore un mélange de gin et de tabac, posée là-bas sur la chaise de guingois.

Ce matin, je me suis réveillée, et ma chambre que je connais pourtant m'avait l'air étranger, habitée d'un jour que j'avais oublié. Je me suis réveillée et partout sous mes yeux, j'ai vu le jour d'avant la nuit.

Hier, quand je suis rentrée de boîte, j'ai retiré ma veste en cuir, ma robe chocolat, j'ai fait glisser ma culotte entre mes cuisses, d'une main j'ai arraché mon soutien-gorge, et le téléphone a sonné.

J'avais le cœur battant de la musique sourde qui m'avait fait danser, le corps lourd exigeant le sommeil, et dans la bouche, le goût d'un garçon que j'avais embrassé.

Le téléphone a sonné. Il est trois heures passées.

Je me tiens devant la fenêtre de ma chambre, je regarde la rue les lampadaires, peut-être même deux adolescents en bas qui boivent des bières – à moins que je les aie vus un autre soir, avant. Je ne pense à rien. Les fragments de la soirée me rattrapent, et par secousses m'ébranlent. La moiteur du bar. Le contact visqueux d'une épaule nue. Le non-regard d'une fille qui danse pour elle-même. Le rouge du néon. Et des cheveux qui volent.

La fenêtre, je ne regarde rien à travers elle et je suis nue devant elle. J'ai le téléphone en main, il sonne, je me dis

ne t'inquiète pas, la lumière est éteinte, les voisins ne te verront pas

J'ai chaud ou plutôt je suis bien, comme on est bien quand on a bu ce qu'il faut. J'entends la voix de Jeanne.

Ce matin, je me suis réveillée, et j'ai vu mes vêtements éparpillés, au bout de mon lit, la fenêtre où hier le téléphone a sonné, c'était en pleine nuit, je regardais les lampadaires et je ne les voyais pas, j'étais nue, mais les voisins ne le savaient pas, j'avais éteint la lumière.

J'avais la peau chaude et moite d'avoir dansé, j'ai répondu au téléphone et Jeanne m'a dit *Maman est morte*.

I.

Le soleil se lève le jour où les mères meurent.

Je m'habille, passe ma main sur le buffet de l'entrée

Où j'ai foutu mes clés ?

Une ombre bouge dans le salon. Oh merde. J'avais oublié.

Le type que j'ai rencontré, le type que j'ai embrassé hier soir dans le fumoir du Plastique, il avait perdu ses clés, et j'avais pas envie de coucher avec lui mais – charité chrétienne à la con – je lui ai proposé de dormir sur mon canapé. Jeanne a appelé et je l'ai oublié.

C'est pas plus mal. Si Jeanne n'avait pas appelé, j'aurais sans doute changé d'avis, et on aurait fini la nuit dans le même lit.

pourquoi je fais l'amour aux hommes je ne sais jamais

pas que je regrette ou que lui m'ait forcée
que je n'aie pas eu envie que je n'aie pas aimé
par mégarde j'ai mué hors de ma peau
gisante sous ses doigts à la caresse tiède
et je nous regarde, Astrale au plafond
incrédule (quelles têtes quelle agitation)

quand il a fini je m'interroge
(les bons jours moi aussi j'ai joui)
pourquoi je lui ai fait l'amour ?
je ne sais jamais et je m'absous d'un innocent
« j'ai pas fait exprès »

Je ne regrette jamais vraiment. Seulement, je me dis parfois qu'un bon plat de pâtes m'aurait donné plus de plaisir.

Mais Jeanne a appelé. Assommée, j'ai dormi et j'ai oublié le type.

Le garçon est trop grand pour mon canapé, ses pieds pendent par-delà l'accoudoir. Il ronfle. Son visage est enfoncé dans le rembourrage du dossier, je ne le vois pas. Son visage est – je serais incapable de dessiner son portrait-robot. Ça m'embêterait mais je me souviens qu'il avait pas une gueule de criminel, alors son portrait-robot à quoi bon. En même temps c'est quoi une gueule de criminel ?

Son mollet tressaute. Merde, il va se réveiller. Aucune envie de faire la conversation, déjà quand on a couché, quel pensum, mais là, sans avoir couché, impensable. Il comprendra qu'il faut claquer la porte en partant.

J'attrape mes clés et je m'en vais. La rue Saint-Maur est vide ce matin, un camion-poubelle tourne au coin. Le serveur du café d'en bas, il s'appelle Paul, sort les tables sur le trottoir. Il a toujours un peu de retard, et on est samedi, il doit être huit heures et quart.

Je dis bonjour à Paul, *je peux m'asseoir ? Mets-toi où tu veux.* Je commande un allongé. Il n'y a rien à regarder, personne, il est trop tôt. Si les gens savaient comme il fait bon à cette heure-ci, ils sortiraient de leur lit.

Le café est mauvais à L'Étincelle, mais c'est un café qui fait des bruits de café. Ça me plaît. Le patron choque les tasses encore chaudes de lave-vaisselle, les pieds en fonte raclent le trottoir, le percolateur fait peur, il bout siffle éructe, le chauffe-mousse crache arythmique.

Plus tard, il y aura le bruit des gens de café. Les lecteurs oublieux d'existence, à chaque fin de chapitre ils ressuscitent, lèvent la tête pour s'assurer que la réalité continue de tourner. Les parleurs du jour présent, ils racontent une anecdote sans intérêt au voisin qui n'écoute rien. Les bruiteurs qui aspirent leur café ou soufflent dans leur paille, oh qu'ils m'agacent et pourtant, ce matin, j'aimerais qu'ils ne m'aient pas laissée seule.

L'Étincelle m'a toujours fait rêver. Un je-ne-sais-quoi qui me fascinait quand je passais devant, le matin sur le chemin de l'école, tenant la main de Papa et plus tard celle de Maja. C'était le sol en terrazzo pastel qui m'hypnotisait, je m'imaginais que des enfants comme moi avaient encastré leurs trésors dans cette mosaïque magique, des petites merdouilles multicolores qui filent jusqu'au bout du bar, filent jusqu'au bout du monde.

J'oublie que ma mère est morte et je suis de bonne humeur. On l'enterre tout à l'heure. C'est pour ça que Jeanne, qui se couche avec les poules, m'a prévenue si tard. Elle venait elle-même de l'apprendre. C'est terrible de se sentir bien le jour de l'enterrement de sa mère. Sans doute parce que je m'y attendais.

Évidemment, ma mère allait mourir, et tous les gens qui ont une mère vivante s'attendent à ce qu'elle meure. Je m'y attendais parce que j'avais anticipé ce jour. J'avais plusieurs fois imaginé le jour où je l'apprendrais. L'exercice était facile, non pas que ma mère ait été mourante, mais rien de plus ne pouvait se jouer entre elle et moi. Nous n'allions pas nous revoir.

Je suis étonnée, en fait, d'avoir l'occasion d'aller à son enterrement. J'en suis contente, je crois. Je m'attendais à ce jour-là, mais je l'imaginais différemment. Jeanne aurait cherché à savoir ce qu'elle était devenue et l'aurait trouvée morte. Pas trouvée comme on trouve un cadavre au milieu du salon, mais enfin elle aurait découvert la chose. Je pensais que je l'apprendrais trop tard.

Sa mort change bien quelque chose : je n'ai plus besoin de vivre avec l'idée de ma mère morte, puisqu'elle est morte pour de vrai. Je m'en serais bien passée, de son enterrement, mais je vais y aller. Pour pleurer, j'espère. Il faut pleurer, le jour de l'enterrement de sa mère.

Je forcerai les larmes comme je pourrai. Je n'ai pas pleuré depuis, quoi, dix ans. Une chute d'enfant en courant sous les pins de Maja, en Provence. Je me souviens si vivement de mes dernières larmes. Mon souffle s'est d'abord coupé, et une seconde j'ai été fière de ne pas pleurer. Je me souviens de l'odeur de sève pimentée, de mes fesses piquées par les épines et les graviers. J'ai regardé mon genou, j'ai vu le sang gluant, les brindilles mélangées, la terre humide et sale, je l'imagine grouillante de bêtes à mandibules, et mon genou pourri, du marron de sa peau au marron de son sang. J'ai pleuré. Depuis, plus jamais.

Je dois avoir l'air brumeux, parce que j'entends, *pas bien réveillée* ? Je quitte le caniveau des yeux. Contre le ciel blanc, je vois le garçon qui a dormi sur mon canapé. Le revoir me rappelle son odeur salée, la texture de ses lèvres gercées. Pas son prénom. Je dis

Salut.

Salut, Nuria. Merci pour cette nuit, très cool de ta part. Il y avait une chance sur deux pour qu'il emprunte la rue dans ce sens et passe devant L'Étincelle, et neuf sur dix pour qu'il fasse mine de ne pas me voir. Qu'est-ce qui lui prend ? *J'espère que j'étais pas trop relou, je me souviens pas de tout !* Je plisse les yeux pour le voir malgré le contre-jour. Pas du tout une tête de criminel, le type. Il a une bonne tête, à la lumière, le regard gentil, le cheveu sombre, une barbe jeune comme c'est la mode. Une tête de marin ou de montagnard, d'homme contre les éléments ou quelque chose comme ça, une peau claire qui a bronzé, un grand nez, deux fossettes aussi. *On repart du début ? Moi c'est Abel. Enchanté !* Il sourit. *Je peux ?* Il s'assied à côté de moi. Je n'ai pas dit oui, je n'ai pas dit non.

Il est confo ton canap, hein ! Quelle galère, cette histoire de clés. Ça m'arrive tout le temps de les oublier, et d'habitude y a Alex – mon coloc – mais là, il est parti en week-end avec sa nouvelle meuf. À Deauville ! Un vrai petit parigot, je te jure. Il lève les yeux au ciel.

Ça me fait sourire.

Hier, je ne voulais rien d'autre de lui qu'une danse, un corps chaud contre le mien, un type que j'embrasse avec la fougue simulée qu'on donne aux baisers sans amour. Je n'avais pas envie de le voir après, ni de le connaître avant, pas besoin de son prénom. Je lui ai proposé de monter par politesse, sans penser à passer la nuit à contrecorps, et on s'est gentiment couchés. Tant mieux, je lui aurais cédé à contrecœur.

Maintenant qu'il est là, tout près – les tables sont esquichées –, il ne me déplaît pas.

Tu habites là depuis longtemps ?

Depuis toujours. Il a les sourcils levés qui ne descendent pas, cette réponse ne lui suffit pas. *On habitait là avec mon père quand j'étais petite, et après sa mort, ma grand-mère est venue vivre avec moi. Donc ouais, j'habite ici depuis toujours, littéralement.*

Trop pratique, de l'avoir pour toi toute seule ! Moi je vis dans un appart riquiqui, je passe à peine les portes...

Il n'a rien dit, pour mon père. Les autres gens souvent ont un gentil petit commentaire. Toujours gêné, maladroit, nul. Lui non. Peut-être qu'il n'écoutait pas.

Sa cuisse près de la mienne, écrasée contre le tabouret, étire la toile de son jean. Il y a quelque chose dans sa poche, un paquet de cigarettes peut-être.

Paul est ressorti, de la démarche des serveurs toujours pressés, même un 14 août à huit heures du matin. Il n'y a que deux clients, il fait déjà vingt-cinq degrés, arrête de courir, Paul, tu te fatigues pour rien. Abel commande un café et un croissant, *tu veux quelque chose d'autre, poulette ?* Je secoue la tête. Un clin d'œil et il s'en va.

Il est gai aujourd'hui, Paul. D'habitude, il râle volontiers, il se plaint du patron, il lui paie pas ses heures sup, il le laisse pas draguer les meufs. Abel aussi a l'air content.

C'est un beau samedi d'été. Je suis avec un beau garçon. Moi aussi, je pourrais être gaie, si je me laissais oublier qu'elle est morte.

Abel croque le croissant, met des miettes partout, époussette son jean. Sa main est large, la peau de ses jointures rugueuse. Il boit une gorgée de café, pose le croissant mordu à côté. Il se tourne vers moi

C'était sympa hier, non ? C'est pas trop mon genre de musique, mais là c'était cool. Il chante, complètement faux

C'est l'amour à la plage ahou tcha tcha tcha

et part d'un grand rire pas gras, pas vulgaire. On a dansé sur un remix de Niagara hier. Son rire m'attrape la commissure, elle voudrait résister mais cède : je ris avec lui.

Ah ça va, je croyais que tu faisais la gueule. T'aurais pas tort, tu me diras. Tu m'as pas vraiment invité à partager ton café. C'est joli Nuria, ça vient d'où ?

Je sais pas.

Moi, c'est parce que mon père s'appelle Adam, il a trouvé ça marrant. Abel, c'est mieux que Seth ou Caïn. J'aime bien. Tu devrais demander, pour toi !

Je crois que ma mère a de la famille en Espagne. Mais mon père est mort depuis longtemps, alors c'est trop tard.

Bah demande à ta mère !

On se voit plus vraiment. J'ai oublié. *Et on va plus se voir du tout !* J'ai un petit rire étouffé, du genre qui sort par le nez. *Pardon, oui, je dis ça parce qu'elle est morte !* Vite faire oublier le pathétique. *Non mais rien de grave. Enfin, si, grave, on meurt généralement d'un truc grave. J'oublie, mais c'est parce que j'ai pas encore l'habitude. C'est tout frais. Hier.*

Eh bah putain ! Il a les yeux écarquillés, mais pas l'air effrayé. Un instant j'ai craint de passer pour une dingue, une amputée du cœur qui balance le cadavre encore frais de sa mère sur la table du petit-déjeuner. Mais ce type, rien ne l'effraie. Soulagées mes épaules retombent.

T'étais juste là dans le salon quand je l'ai appris, hier soir. C'est con. C'est bizarre aussi.

Bizarre comment ?

Bizarre comme apprendre que sa mère est morte un peu saoule. Enfin moi j'étais un peu saoule, elle je sais pas comment elle était quand elle est morte. Peut-être un peu saoule, peut-être ivre morte ! Ha ha ! Pardon. Je déglutis. *Enfin, je ne sais pas si elle est morte ivre morte. On ne m'a pas dit, Maja ne m'a pas dit comment elle est morte.*

Maja ? C'est chelou ça, comme nom.

C'est ma grand-mère, elle s'appelle Jeanne. Mamie Jeanne, Maja… J'ai le sentiment de pouvoir dire n'importe quoi à ce type qui ne s'émeut pas. *En fait, ça fait si longtemps qu'on s'était pas vues, avec ma mère, que je me demande quelquefois si je la reconnaîtrais, tu sais, en la croisant par hasard dans la rue.* D'elle j'ai encore une idée, mais je n'ai vu aucune image depuis la dernière fois, il y a huit ans. *J'imagine que je la reconnaîtrais, quand même !* J'aurais honte de ne pas la reconnaître. *Je sais pas.*

En buvant son café, Abel déclare *Au moins c'est réglé, là ! Je veux dire, tu la croiseras plus jamais dans la rue.*

qu'est-ce que c'est que ce mec
il n'a pas tort et pas de pitié

Ils sont vivants tes parents ?

Oui oui, ils vont très bien.

Son détachement aurait pu naître d'une familiarité à la mort. Mais non. Il a compris le sens de ma question, ou alors il s'en fout, parce qu'il est déjà passé à autre chose. Il croque son croissant, met des miettes partout, encore. Il ne s'époussette pas cette fois. Ma main déjà frotte à petits coups secs le dessus de sa cuisse, *pardon, c'est un réflexe, les miettes.*

Oh mais t'inquiète pas. Il a le sourire coquin qui ne creuse qu'une fossette.

Ça a pas l'air de te faire beaucoup de peine, ta mère.

Je sais pas. Je pleure jamais, de toute façon. Et j'ai pas beaucoup de souvenirs. J'ai peu de choses d'elle en moi, alors j'ai pas grand-chose à regretter, tu vois ?

Et t'as quoi, d'elle ?

C'est un jeu auquel j'ai souvent joué. De Papa, je sais ce que j'ai hérité, parce que je me souviens de lui. J'ai oublié sa voix, j'ai oublié le détail de notre vie, mais je garde encore quelques atmosphères au hasard. Son épaule sous ma petite tête quand il me portait dans ses bras, l'outrenoir de sa peau quand mes yeux s'y collaient, son souffle bruyant pendant la sieste sous le parasol. Maja m'a aussi fabriqué des souvenirs, elle me parle souvent de son fils adoré. Tout ce que j'ai de beau de bon de bien viendrait de lui, *tu es belle comme ton père, tout pareil que mon André !* De ma mère je n'ai rien à garder, parce que avec elle je n'ai presque rien vécu.

Je sais si peu d'elle que j'ai passé ma vie à inventer en moi les traces de son ascendance. J'aurais

l'agaçante apathie, elle répond *comme tu veux*
la froideur intrigante ils disent intimidante
le regard mécanique de l'oiseau rebondi
tout ce qui n'est ni Maja ni Papa
tous les reflets de moi que je n'explique pas
j'ai tout inventé
tout sauf l'infusion du blanc de sa peau
couleur terre moins brûlée que celle de mon père
d'elle tout ce que je sais avoir
c'est ma peau
pas assez noire

Je réponds au garçon
C'est elle qui est blanche, alors c'est à cause d'elle que je suis pas assez noire.

Ça le fait rigoler.

Ris pas trop fort quand même. Ma mère est morte, quoi.

Alors ça te fait un peu de peine ?

Je lui renvoie une suite de mots que je ne comprends pas, une mixture mauvaise de sentiments pas à moi, je marmonne des excuses, à lui, de le plomber après une nuit de quelques heures sur un canapé, à elle, d'avoir dansé alors qu'elle gisait dans un cercueil, d'avoir plongé ma langue, alors qu'elle crevait, dans la bouche goûtue d'un beau brun inconnu. Il m'interrompt d'un regard qui console

Tu es une fille   une femme sans virgules. C'est ta façon de parler on sait pas pour qui. Et puis tu sens la figue, non ? L'œil n'est pas lubrique, l'œil est incrédule. Soudain le dévoilement se repent et il reprend *ça te fait de la peine, alors ?*

Ce qui me fait de la peine, c'est pas qu'elle soit morte. C'est qu'elle ne soit pas morte plus tôt. À un moment où j'aurais pu espérer.

Espérer quoi ?

Qu'elle pensait à moi, qu'elle allait m'appeler. Je tente un sourire mais il ne convainc même pas moi. *Pour me dire qu'elle m'aimait. Qu'elle s'en voulait. Qu'elle avait honte, je sais pas, qu'elle avait une bonne raison.*

Tu peux oublier cet espoir, maintenant. C'est reposant, d'arrêter d'espérer.

Comment tu sais ça toi ? Abel n'a pas l'air idiot, mais il est trop beau pour que je l'imagine sage. Il allume une cigarette.

T'en veux une ?

Je   je sais pas.

Ha ha ! Bah c'est comme tu veux. Je fais non de la tête. *C'est bon de ne plus espérer. Moins tu espères, moins t'es déçu. Tu vois, j'ai abandonné l'espoir de plus oublier mes clés. C'est déjà la troisième fois ce mois-ci ! Mais je garde les grands espoirs.* Il rit.

Et tes grands espoirs ?

Je veux construire ma maison tout en bois. Et vivre dedans.

Tout seul ?

Ça dépend. Tu veux venir avec moi ? Il a des pétales dorés dans les iris, c'est le soleil d'été qui se réchauffe dans ses yeux.

À une condition : tu viens avec moi.

Où ça ?

Au cimetière, enterrer ma mère.

Il éclate de rire. Il tourne son corps vers moi, bouscule la table qui tangue, son genou contre ma cuisse. Il crispe les muscles de sa mâchoire, approche sa main de la mienne, elles reposent ensemble sur la table de bistrot. Ma main tremble, à peine. Il me répond

T'as une chemise à me prêter ? Mon t-shirt pue.

II.

La petite foule rôtit sous le soleil de midi. Elle ne s'est pas fait enterrer, elle n'a pas dû vouloir pourrir sous terre pour l'éternité.

C'est rapide, une crémation. On est entrés dans une grande salle, aseptisée, blanche partout sauf une mosaïque bleu vif, un bleu hors sujet, sur le mur derrière le cercueil. On s'est assis. Des gens ont dit des choses que je n'ai pas retenues. Des histoires de premières rencontres, de dernières fois, des mots d'esprit et des mots d'amour. Tellement de gens, tellement de choses. Deux hommes ont disposé une énorme gerbe de fleurs sur le cercueil. L'un des deux a murmuré en allant s'asseoir *c'est quand même con de foutre ça au four, ça m'a coûté un rein.* J'ai hoché la tête.

On nous a proposé de nous approcher *pour dire adieu*. La moitié de la salle s'est levée, moi non, j'ai toujours détesté aller au tableau. À la queue leu leu, ils ont fait leurs adieux chronométrés. Des dégaines solennelles, des têtes d'enterrement, parfois deux-trois larmes. Une rousse a déposé un baiser sur le cercueil.

Chacun est revenu à sa place. Une employée du cimetière en tailleur pas repassé a appuyé sur une télécommande. Un morceau de flûte traversière s'est mis à grésiller dans les haut-parleurs de la chapelle. L'employée a annoncé un moment de recueillement. Ils ont tenu à peine une minute, puis la vie les a rattrapés, tous ces affligés. Regarder la montre, soupirer, toussoter, tapoter nerveusement le banc. Un seul s'est obstiné, la tête baissée au premier rang, à pleurer ou convulser, je sais pas. Il arrivait pas à s'arrêter, depuis son discours catastrophique, conclu par un *je t'aime* qui mue et une attaque de sanglots. Le pauvre, c'est un cauchemar de petite fille – et de petit garçon aussi j'imagine –, enfin c'est un cauchemar d'enfant, pleurer devant tout le monde.

La trappe au fond s'est ouverte, et quoi, après ma mère part cramer ?, et toujours la musique grésillante, une torture, et ce sentiment que j'appellerais « putain-sortez-moi-de-là », et la gerbe de fleurs qui tremblote quand on roule le cercueil jusqu'au four, et la gerbe tout court que me donne ce troupeau qui s'afflige, tellement de gens que je n'ai pas osé compter, et les larmes et l'amour que je ne m'explique pas. Les gens, la foule, oui la foule que je n'excuse pas.

On est entrés, on s'est assis, on a pleuré, on est sortis. Sur le parvis, chassée par le soleil, la foule se disperse. Aux derniers qui restent, le garçon en larmes lance

Excusez-moi, qui va prendre ses cendres ?

Personne, mon chat, personne.

Moi j'aurais bien aimé !

Tu les aurais mouillées de tes larmes de crocodile, de bébé croco, bébé croco !!! La grande rousse rit. À côté, une petite femme bouclée pousse un *oh* de jugement, s'en va à petits pas pressés, l'air de fuir les ondes mauvaises de la rousse. Elle part, elle aussi.

Le garçon a beaucoup pleuré, cette femme moqueuse a raison au fond, mais elle a tort aussi, ça ne se fait pas de se moquer des garçons qui pleurent à la crémation de leur amoureuse.

Il ne reste personne d'autre que ce tout jeune homme tout triste. Il est là, les bras ballants, non pas qu'il y ait une honte à se tenir sans but les bras dans le vague, mais lui, il se tient sans rien, sans envie, sans vie même. Il finit par revenir à lui, et me voit le dévisager.

Excusez-moi, j'ai pas l'habitude d'être triste. Je m'appelle Félix. Et vous deux, vous êtes ?

Moi c'est Nuria.

Abel.

Je sortais avec… Enfin c'était clair j'imagine. Je lui avais jamais dit. Je lui avais jamais dit je t'aime. Pardon, vous avez rien demandé. Je crois que je suis défoncé à l'hormone de l'amour ou de la tristesse, ocytocine sérotonine à moins que celle-là ça soit la course à pied, enfin je suis défoncé à quelque chose entre l'amour et la tristesse rien à voir avec la course à pied. Tout à l'heure, il se retourne vers la porte close de la chapelle crématoire, *je sais pas j'ai eu l'impression qu'il fallait que je le dise, c'était maintenant ou jamais. Je suis con.* Son visage se tord. C'est une grimace ou peut-être un sourire.

Bon je vais y aller, je connais plus personne. Salut !

Abel lui répond, et ses mots se marchent les uns sur les autres.

Nous non plus on connaît personne.

Bah qu'est-ce que vous faites là ?

Moi je suis là avec elle.

Moi c'était ma mère. Aveu illustré d'un sourire de circonstance, figé, qui ne plisse pas le coin des yeux.

Ahlalalala. Mais quel con. Mais quel con. Félix a reculé d'un pas, piétine d'avant en arrière, fait tourner ses bras affligés. *Je suis désolé. Je suis tellement désolé. Toutes mes condoléances. Putain, c'est nul de dire ça.*

T'inquiète pas. Il est trop jeune pour être vouvoyé.

Toi qui restes forte et moi qui me plains. Mais quel abruti. Je peux me faire pardonner ? Je peux pas te laisser partir comme ça. Vous voulez venir déjeuner à la maison ? C'est pas loin.

Non non, on va y aller.

Moi j'ai faim. C'est Abel.

Allez venez, c'est à quoi, vingt-cinq minutes à pied. Et puis ça nous rafraîchira de marcher un peu. Le petit vent des mauvais jours séchera mes larmes de crocodile, comme elle a dit cette pétasse. Cette fois j'en suis sûre, c'est un sourire.

Du cimetière à chez Félix, on marche longtemps, les deux autres devant, moi derrière, je regarde la rue et ses passants, le laiteux du ciel de Paris, celui qui fait la gueule et noircit l'humeur. On tourne dans la rue des Envierges. Il fait ni beau ni moche, il fait blanc.

Au bout de la rue, le belvédère de Belleville. La vue du belvédère, c'est ma préférée de tout Paris. D'habitude, j'ai hâte de l'atteindre, de me coller à la rambarde pour mater la tour Eiffel et Pompidou, Notre-Dame et Montparnasse, et tout ça a meilleur goût parce qu'à côté de moi, quelques dealers traînent toujours sous les auvents tagués. Paris la belle, Paris la dégueulasse.

Aujourd'hui, pas envie. La crémation de ma mère me reste en travers de la gorge. J'ai beau n'avoir aucune joie à regretter, imaginer le feu derrière la trappe qui lèche le corps dont je suis moi-même sortie, ça donne derrière la langue un picotement amer.

Maintenant qu'elle a brûlé, je peux enterrer mes espoirs. Je peux oublier mes questions. Je n'ai plus de *pourquoi*, plus de *dis-moi*, plus de *je t'en veux pas*. Je n'attends plus rien d'une femme morte. Ce doit être la sagesse qui pousse derrière mon cœur.

On s'engage dans une impasse, villa Faucheur. Félix nous entortille le long d'un petit escalier, et on entre chez lui. Un appartement un jour habité par une famille nombreuse, des meubles lourds qu'on appellerait bibus et vaisseliers, et d'autres plus légers et pas moins inutiles, porte-revues ou guéridons. C'est un bordel pas possible.

À peine la porte passée, Félix se met à parler.

J'ai du mal à accepter qu'elle soit   *Je comprends pas pourquoi, tu vois. Ça te dérange pas que je te tutoie ? C'est toi qui as commencé ! Pardon, je vous ai pas offert à boire. J'ai pas grand-chose, il doit y avoir de la bière dans le frigo.* Félix a désigné la cuisine derrière une porte et Abel va se servir. *Je déteste la blonde, j'ai que de la blanche. Pas hyper viril, hein, mais bon, on a vu l'assemblée, c'est comme ça qu'elle devait les aimer! Je sais pas, je dis ça comme ça, pardon. Peut-être pas comme ça que tu veux entendre parler de ta mère.*

Félix reprend l'histoire de leur rencontre, celle qu'il a essayé de raconter dans la chapelle avant de fondre en larmes. Ils se sont rencontrés à une fête. Elle portait une très longue robe et elle était belle. *Une robe noire un peu floue, je crois qu'on dit ça, non? Je la devinais sous sa robe un peu floue, et il y avait un petit vent, comme aujourd'hui, je voyais de temps en temps ses chevilles, et je me sentais comme un gosse, ou un mec d'un autre siècle qui fantasme sur les chevilles d'une dame. Elle était plus vieille, et c'était la première fois! Je veux dire que je suis pas le genre à enchaîner les cougars.* « Cougar », *mais qu'est-ce que je dis. On dit pas ça dans la vraie vie.*

Il finit son verre, il l'a trouvé pas encore vide quelque part et sa main fine l'a enserré et versé dans sa gorge. C'était une fête organisée par des amis de Félix, des artistes, *du genre un peu flous, un peu fous, pardon, enfin c'est surtout un genre qu'ils se donnent!* Il l'a vue de loin, elle discutait avec des gens, elle avait l'air de s'emmerder, *mais sans mépris. Un peu comme on s'emmerde dans le train, tu vois*, il me fixe, je hoche la tête, *elle regardait ces gens comme on regarde le paysage qui défile dans le train.* Il est allé lui parler en tremblant, et leur histoire a commencé. Depuis, ils se voyaient, *souvent, sans trêve, moi j'en avais jamais marre, et je suis sûr que si elle m'avait donné plus de temps, juste un peu plus, je l'aurais rendue heureuse.*

Il s'interrompt, Abel claque la porte d'un placard. Il revient deux verres dans une main, le pouce enfoncé dans l'un, l'index dans l'autre.

Je me suis assise dans un fauteuil en velours défoncé, j'ai la fesse gauche contre le châssis dur. Les bras sont tachés de vieux ronds, cannettes ou verres. Je caresse l'accoudoir, le tissu est élimé. C'est doux. Abel s'assied là où ma main vient de passer, Félix parle. Il marche dans tous les sens.

C'était il y a un peu plus d'un an. La première fois que je l'ai vue. Je pourrais jurer qu'elle m'est apparue dans un rayon de soleil, mais j'y ai repensé souvent, et je crois qu'il pleuvait. C'était un jour d'été lourd, un ciel tout gris comme aujourd'hui. Il a le sourire cassé.

En une soirée, en un coup, elle m'a eu, une fille pas du tout mon genre, bon si, une femme belle, c'est le genre de tout le monde ça, mais enfin plus vieille quoi. Elle était sur le point de quitter la soirée, déjà à la porte, et sidéré il l'a vue courir jusqu'à lui un stylo à la main, attraper une serviette en papier et y écrire son numéro. *Moi j'étais juste contre elle, sans la toucher, j'étais derrière son épaule et je voulais voir ce qu'elle écrivait, et j'ai rien vu de ce qu'elle écrivait parce que LA VIE s'est arrêtée, Nuria. J'ai été hypnotisé par le mouvement d'un muscle inconnu à l'attache de son épaule, un tout petit muscle qui sursautait au rythme de son stylo, un arc qui se tend du bras au torse, si près du sein, si près du cœur.* Il reprend son souffle. *Pardon, je m'emballe. Y a longtemps je faisais des études de lettres. Ça ressort les mauvais jours.*

J'ai rien trouvé dans le frigo. À part une bouteille d'eau. Abel a soif, il s'est retenu devant l'agitation de Félix mais n'y tient plus. Sa voix chaude, égale, ni vraiment grave ni vraiment rauque, ne sort pas de sa gorge, elle mugit du fond de sa cage thoracique. Son torse vibre quand il parle, je le vois parce qu'il est un peu nu, la chemise trop grande que je lui ai prêtée a glissé d'un côté, presque au-delà de l'épaule. Il a entre la nuque et la naissance du bras des muscles que je ne connais pas.

Ah merde, mon coloc a dû finir la bière. J'ai du whisky, là. Félix sort par magie une bouteille d'une table en rotin. Elle est plantée de punaises bleues et vertes, et décorée d'autocollants Pikachu. *T'as trouvé des verres ?* Abel tient toujours les deux verres du bout des doigts, la main pendante entre les cuisses écartées. Il nous sert deux whiskys. Il est midi et demi. Félix parle.

Je ne lui ai pas dit que c'était notre premier anniversaire. C'est beaucoup un an, non ? À l'échelle de ma vie, c'est énorme. J'ai vingt-huit ans, un cerveau en état de marche depuis mes vingt ans, et encore. Alors un an ! Un huitième de ma vraie vie. C'est immense, un an, il y a un an, j'étais rien.   J'étais seul.

Il marche sans rythme, scarabée titubant sur la pierre brûlante, gauche, gauche, non trop chaud, droite, gauche peut-être, l'ombre où ? nulle part, droite. Il slalome, entre les fauteuils défoncés, les plantes subclaquantes, et les gouttes du verre qu'il fait valser sans grâce.

J'ai vingt-huit ans, je suis con, j'ai pas de fric, et il y a deux jours j'ai trouvé ma meuf morte dans son lit. Excuse-moi, c'est ta mère qui est morte. Tu dois être bouleversée.

je déteste ce mot
boule verse boule verse eh !
et aujourd'hui boule verse rien
pas même une larme

Je pourrais le rassurer, lui avouer que je ne suis pas bouleversée, mais il ne m'écouterait pas. Il parle.

Vous savez ce qui est dingue ? C'est que ta mère et moi, ah ! j'arrive pas à croire qu'elle ait une fille, je suis désolé, elle m'a jamais parlé de toi. Bref, ce qui est dingue, c'est qu'elle et moi, on n'a jamais été ensemble comme vous deux, jamais personne ne nous a vus ensemble, ou alors des inconnus dans la rue, et ça compte pas. Qui sait aujourd'hui qu'elle et moi avons été quelque chose ? Été quoi, je sais pas, mais été. Qui nous a vus ? Le mec du guichet de l'hôtel des Vosges ! Un hôtel de merde à Montparnasse, je déteste ce quartier d'ailleurs, ta mère faisait exprès de m'y emmener juste pour m'emmerder ! Et elle aimait prendre une chambre minuscule qui donne pile sur la tour, avec un petit balcon, et on demandait au garçon du room-service de mettre nos œufs sur une petite tablette à la fenêtre, le matin. Il nous a vus, lui, il sait. Mais moi je pourrai jamais lui parler d'elle.

Si elle était là, Maja dirait à Félix qu'il lui donne le tournis, à pas vouloir s'asseoir, à avancer reculer et puis recommencer.

Le mec du room-service, il restait jamais assez longtemps pour la voir manger ses œufs, mais s'il l'avait vue ! Avec sa fourchette qu'elle faisait valdinguer entre tous ses doigts. Tout d'un coup, elle posait la fourchette, elle laissait ses œufs refroidir, moi ça me rendait fou, les œufs froids c'est très mauvais, et je disais rien, je continuais à manger en faisant des bruits de bouche dont j'avais honte. C'était vraiment une femme ! Il jette un œil à Abel, ravale un regard complice. *Ses yeux refroi ses œufs refroidissaient, et elle regardait devant elle, droit devant, elle regardait le ciel mais ses yeux bougeaient pas tu sais, elle regardait pas en bas, elle suivait rien du regard, elle regardait pas « la vue », les gens qui « regardent la vue » ils regardent, ils détaillent le truc, ils regardent un immeuble, puis l'autre, et ils cherchent les trois cent soixante degrés du regard. Mais elle non.*

Elle regardait le ciel, et c'est con, moi je suis pas poète, je savais pas qu'on pouvait regarder le ciel. Je pensais qu'on regardait les oiseaux dans le ciel, les nuages, je sais pas, quelque chose ! Après avoir pris un truc ou deux, j'ai pu voir des formes, des animaux, des trucs de fou, dans les nuages ! Mais regarder le ciel, sans nuages, sans oiseaux, sans penser au temps qu'il fait, sans me demander où sont mes lunettes de soleil, moi je savais pas ! Avant ta mère, je savais pas qu'on pouvait regarder le ciel. Sans penser rien du ciel.

Elle pensait à tout le reste je crois quand elle regardait le ciel. Ses pensées faisaient tellement de bruit qu'elle entendait plus ma voix ! J'aurais pu lui crier dans l'oreille Tes œufs sont en train de refroidir, elle aurait pas cillé, je crois même qu'elle clignait plus des yeux.

Tu sais à nos âges, tu as quel âge ? Tu dois avoir le même âge que moi. À notre âge, on a connu peu de gens, moi j'ai connu peu de gens, je suis resté adolescent très longtemps, en fait j'étais un petit con, y a des jours où je me dis que j'ai pas tant changé d'ailleurs mais la plupart du temps, ça va, donc moi j'ai été avec peu de femmes, et jamais avec un homme d'ailleurs, mais là je te parle de sexe alors que je voudrais te parler de gens. J'ai connu peu de gens, et même ce mot, les puritains en font un mot sexuel. Je leur en voudrais bien, mais ils ont pas si tort ! Parce que les gens que j'ai connus, je les ai baisés, désolé, je dis « baisés » à la fille de ma copine, oh c'est ridicule de l'appeler ma copine ! Quel con.

Mais j'essaie de t'expliquer, j'ai connu peu de gens, mais attention, je parle pas de sexe, ou pas seulement, je parle de connaissance, je parle d'intimité, et ta mère, j'aurais pu ne jamais coucher avec elle, maintenant je dis « coucher » à sa fille, ha ha ! Pardon, ça m'amuse, mais c'est nerveux, j'ai un peu bu. Servez-vous, servez-vous, il faut que vous me rattrapiez, j'ai pris un petit coup avant d'aller au Père-Lachaise. Une longueur d'avance ! Abel secoue la tête *non merci*.

Même à moi, Félix donne le tournis. Il gesticule, vomit ses mots et m'écœure, je ne supporte pas de le regarder. Je fixe mon verre, les jambes du whisky se noient et moi avec. J'inspire et je reconnais l'odeur de la poussière. Cet appartement sent la cave renfermée.

La cave de Maja en Provence a la même odeur. Je descends y chercher les bouteilles de rosé, l'été. J'aime bien la couleur du rosé d'été, mieux que celle du whisky d'hiver. L'hiver, il fait froid, on est triste, et le whisky n'y change rien. On ferait mieux de boire du rosé en hiver.

Félix s'est tu mais je sens entre ses lèvres béantes les mots qui veulent courir. Il ne doit pas aimer boire seul. Je me ressers.

Vous devez vous dire que je suis alcoolique, mais non, pas d'habitude, vous savez, mon père l'est, alcoolique, alors l'alcool, comme ça, n'importe comment, moi non. Dans les poches de ses vestes, je trouve des trucs ignobles, il se respecte plus, de la vodka sans petit nom, de la vodka qui s'appelle VODKA. Pauvre type. Et moi qui l'ai laissé tomber. Je bois que des bons trucs, moi, je suis pas comme lui. C'est du Yamazaki, vous connaissez ?

Il inspire, expire, boit une gorgée du verre aux trois quarts déversé sur le kilim râpé qu'il piétine en errance.

J'essayais de vous dire que j'ai connu peu de gens comme j'ai connu ta mère, Nuria. Et j'ai vingt-huit ans et j'ai peut-être tort, mais j'ai l'intuition que je connaîtrai plus grand monde comme ça. Il vide son verre. *Les gens se laissent pas voir comme ta mère se laisse voir. Elle se laissait être comme son Dieu l'a faite, le regard vide, le regard triste, le sans-regard, le sans-pensée, le sans-rien au fond du cœur.*

Il tourne en rond, un loup hurlant après sa louve disparue. La queue basse, les pattes lourdes, il marche au hasard. Se retourne vers nous, s'apprête à dire quelque chose – dans sa hâte, il s'emmêle les pattes et ses souliers s'embourbent dans les franges du tapis. Il trébuche.

Il tombe.

Félix est par terre.

Allongé. Sous mon nez ses baskets blanches immobiles, les coutures décousues là où les orteils heurtent le bout de la chaussure. Deux jambes maigres, et au-dessus des chevilles, des poils blond foncé s'échappent vers la lumière. Les poils vibrent, Félix tressaille

il a les genoux qui pleurent
si tu veux je te prends
par l'épaule
dans mes bras
comme on peut
et si je suis cruelle
je leur dis d'arrêter de pleurer
à tes genoux ou à tes yeux fermés

Il lève les yeux vers nous, à peine le temps de nous laisser voir son visage. Jusque-là insecte volant jamais vu qu'en mouvement, bombyx-battement-d'ailes plus battements d'ailes que bombyx. Il a le visage d'un grand enfant. La peau d'un blond, les cheveux châtain terne. Des yeux, des traits. Les paupières closes, on voit mal le visage des gens. Tout son corps tremble de larmes qui ne coulent pas.

Abel s'est levé sur ressort, il a les jambes à demi pliées encore, coupé dans son élan, il ne sait pas quoi faire.

Je tombe sur mes genoux, je marche à quatre pattes vers ce petit gars, malheureux, l'homme le plus malheureux que j'aie jamais vu. Il ne pleure pas, parce qu'à quoi bon. Je me penche plus près, je sens son souffle, peut-être mon visage saura-t-il lui dire ce dont mes mots sont incapables. J'aimerais le consoler parce qu'il est triste. Je ne sais pas comment on fait.

Je pose ma main sur son torse tout jeune, nerveux, imberbe certainement. C'est un enfant qui est tombé et ne veut pas se relever. Il ouvre les yeux.

Tu lui ressembles tellement.

Félix a bu un verre d'eau. Il s'est rincé le visage au robinet de la cuisine, nous a dit de nous asseoir à la petite table. Il y a de la vaisselle partout. *Désolé, j'avais pas le courage de ranger.* Je le regarde s'essuyer avec un torchon.

Il appuie ses fesses contre le plan de travail.

Merci de m'avoir relevé, Abel, c'est ça ? Abel hoche la tête, baisse les yeux. Il a l'air d'avoir de la peine pour Félix.

Je suis un peu retourné. C'est le cimetière. Ça va toi, Nuria ?

Oui. Je la connaissais pas très bien. Est-ce que j'ai le droit de dire ça ? *La dernière fois que je l'ai vue, j'avais quinze-seize ans. Tu aurais un truc à grignoter ? Je meurs de faim.*

Il va ouvrir le frigo, regarde vaguement ce qu'il y a dedans, me dit de prendre ce que je veux. Je déplace des yaourts et sors des restes dans des Tupperware. Je les pose sur la table, fais un pas jusqu'à l'évier pour me laver les mains. Il n'y a qu'un Paic citron, pas de gel nettoyant spécial peaux sensibles comme j'ai chez moi. Ça pue, le Paic citron. Je retourne m'asseoir les mains sales.

C'est moi qui l'ai trouvée. J'avais une clé de chez elle, je l'ai toujours d'ailleurs. On avait rendez-vous, je la rejoignais en sortant du bureau. Je suis arrivé, j'ai posé ma sacoche, je l'ai appelée. Elle m'a pas répondu. J'ouvre le premier Tupperware, c'est un oignon émincé à moitié pourri. *Elle avait tout éteint, alors j'ai allumé les lumières, une par une, dans le salon, dans le couloir, et puis j'ai pris deux verres à pied dans la cuisine, la bouteille de rouge que j'avais apportée, elle boit que du rouge, je l'ai même jamais vue avec un verre d'eau !* La deuxième boîte fait un *ploc* en s'ouvrant, c'est un reste de carottes râpées, j'en propose à Abel et en dépose un peu dans chacune de nos assiettes. La mienne est ébréchée. *Je suis allé dans sa chambre. Et je l'ai trouvée là qui dormait. J'ai pas compris tout de suite, il y a des gens qui disent des trucs, qui disent qu'ils ont tout de suite senti, moi j'ai posé les verres, et je me suis allongé à côté d'elle. J'ai caressé son cou, j'ai trouvé sa peau douce   fraîche. Elle bougeait pas.* Du troisième Tupperware je fais glisser un blanc de poulet. *Je me suis senti prince charmant, tu sais, le trip Blanche-Neige et son chevalier providentiel !* Il a le visage qui se tord, genre masque picassien, bouche et sourcils mal alignés. *Je me suis glissé sous elle, j'ai refermé mes bras sur son corps, mes mains sur ses seins, ils font juste la bonne taille ses seins, ils font la taille de mes mains ! Et je l'ai embrassée, d'abord la nuque, le creux du cou, elle sentait l'ambre ou un truc chaud, peut-être l'orange, putain qu'elle sentait bon, elle sentait toujours bon, je te jure ! Et là j'ai vu les plaquettes de cachets vides sur la table de nuit. C'est seulement là que j'ai compris,*

alors que mon nez était dans ses cheveux
il rabat ses paupières sur l'orange
l'ambre le vin débouchonné
sur le piquant des cheveux rentrés dans la narine
sur le dernier rêve de la dernière fois
alors que j'étais dans son lit
tu te rends compte alors que

alors que je la désirais
alors que je bandais j'ai compris

On dit la mort dans l'âme, et rencontrant Félix je comprends que la mort dans l'âme, ce n'est pas sa mort à soi. C'est la mort d'un autre. Il a sa mort à elle enfoncée dans l'âme, une charogne qui frétille encore.

La fourchette suspendue déborde de carottes, un triangle de poulet menace de glisser.

Je réfléchis.

Tu as compris quoi? Je pose ma fourchette. Je regarde Abel, peut-être qu'il comprend, lui. Je vois dans ses yeux qu'il a peur.

Personne t'a dit? Elle a pris des somnifères et d'autres merdes, je sais pas quoi. Elle s'est suicidée.

silence

Je pensais que tu savais, je suis désolé. Je comprends pas comment elle a pu. On s'amusait bien ensemble, mais je la touchais pas, au fond. Elle était fermée, elle voulait personne en elle, je crois qu'elle voulait juste sa tristesse en elle, juste sa tristesse, rien d'autre. Mais pourquoi ? Elle s'est tuée toute seule et moi

Félix murmure ou mon cerveau a baissé le son.

Une palpitation résonne au fond de ma gorge, à chaque battement ma glotte grossit, et bientôt l'air ne passera plus. Ce matin, si j'espérais pleurer ma mère, trouver des larmes pour elle, c'est parce que j'avais oublié la traîtrise de la vraie douleur, celle qui débarque sans prévenir et fait vaciller le corps. Mes entrailles s'effondrent sur elles-mêmes, je traverse un trou d'air infini, et je doute qu'un jour je retrouverai mon corps indemne, qu'à nouveau je sentirai

le cœur
battre
le sang
couler
l'être
respirer.

Je l'aimais tellement, Nuria, tellement, moi j'étais un petit con avant, je croyais que l'amour c'était la vie qui avançait avec une fille dans ton lit, mais non, pas du tout, avec ta mère c'était comme dans les livres, et les films, c'était tout sauf la vie qui avance, ou alors la vie des autres qui avance et la tienne qui jaillit. Elle, elle m'aimait comme elle pouvait, elle avait pas beaucoup d'amour en elle. C'est peut-être pour ça que vous étiez pas proches. Enfin, je sais pas, ça me regarde pas. Excuse-moi.

Ma Jeanne m'a presque dit ça un jour. Que ma mère n'avait pas d'amour. C'est une histoire qu'elle me raconte souvent, une histoire de lavande et de baisers, un été en Provence où Papa a débarqué avec une femme sublime, avec un corps sublime, *tu as exactement son corps, que tu es belle ma chérie.* C'est l'histoire de l'été où Maja a rencontré ma mère, quand elle est venue passer une semaine avec Papa dans sa maison en Provence.

Maja la raconte volontiers, pour me faire plaisir, quand on va étendre le linge près des bosquets de lavande derrière la maison, ou quand l'odeur de la lavande, entre le savon et la pinède, surgit par hasard au fond d'un placard que je l'aide à ranger. Quand elle ne me l'a pas racontée depuis longtemps, je réveille moi-même ses souvenirs, discrète, le bout d'une plume, pour qu'elle croie y avoir pensé toute seule. Au téléphone, il suffit de lui raconter le bain à l'huile essentielle de lavande que j'ai pris pour que Jeanne sourie dans mon oreille, et j'imagine ses yeux en boutons de bottine, éclatants contre sa peau plissée, ses yeux noirs soudain attrapent un rai de lumière et elle prend cet air qu'elle prend toujours avant de raconter une histoire.

Ça me fait penser à cet été où ton père est venu avec ta mère. Avant que tu naisses ! Ma pauvre lavande, j'ai cru qu'elle ne survivrait pas. Ta mère, elle avait eu une idée. Le genre de femmes qui a des idées, comme ça. Elle voulait faire une confiture d'abricots, des abricots qu'elle avait trouvés le matin, au marché d'Aix. Elle m'a demandé « vous auriez un filet ? ce serait pour infuser un peu de votre lavande ». Évidemment je n'avais pas de filet, c'est une maison de campagne, pas un restaurant gastronomique ! Je me souviens très bien, elle a passé la matinée à cueillir un à un les petits brins, à les frotter dans ses paumes pour détacher les fleurs violettes. Jeanne me raconte qu'elle les a regardés, elle sur sa véranda, et eux deux enlacés sobrement, sans impudeur, en bas, derrière le figuier. Elle me dit *leurs peaux brillaient l'une pour l'autre.* Elle me dit le noir bleu de la peau de mon père et le blanc lune de la peau de ma mère, elle me dit leur beauté, leur jeunesse et leur différence, dans leurs corps et leurs histoires.

Une fois, elle m'a dit que ma mère brisait leurs étreintes, c'était toujours elle qui décidait de la fin de leurs baisers. *Je ne sais pas si elle l'aimait assez.* Je crois qu'elle voulait dire *assez pour lui faire un enfant.*

Tu as ses yeux. Félix me regarde et il voit ma mère. *Tu as ses grands yeux jaunes, ils me rendaient fou, ses yeux ! Un peu tombants, ça lui donnait l'air triste, comme toi. Elle, elle était vraiment triste. Peut-être que toi aussi, je sais pas.* Il fixe le carrelage vert de ces vieux appartements des années soixante-dix jamais retapés.

Tu as des photos d'elle ? Je ne sais pas à quoi elle ressemblait, aujourd'hui. Sur la photo au crématorium, elle devait avoir trente ans, quelque chose comme ça. C'était il y a longtemps. Je crois qu'elle avait quarante-cinq ou cinquante ans.

Il sort son téléphone et il cherche. Il doit en chercher une bien. Il est gentil, Félix. Abel ébranle la table de la cuisine en découpant son poulet. J'avale une fourchette de carottes, Abel la sienne, avec un bruit de métal qui glisse entre ses dents. Il est de ceux qui croquent leur fourchette.

Félix glisse son pouce sur l'écran et à chaque glissement je le vois trembler. J'imagine les images qui défilent sous le doigt. Elle délaissant ses œufs brouillés, elle devant une vue, sur fond de ciel sur fond de nuages sur fond de choses que les poètes regardent sans voir, elle floue dans une robe floue, tournoie et sourit, elle a un peu trop bu.

Devant une image ou l'autre, Félix a un sourcil, une lèvre, la ride précoce du front qui tressautent. Je prie pour qu'il ne me montre pas un selfie dans leur lit.

Le doigt enfin se fige.

Regarde, c'est elle.

Sur la photo choisie, elle rit, assise à la terrasse d'un café, une petite table de bistrot noire, une chaise rouge. Elle lève son verre à la gloire de quelque chose. On voit toutes ses dents.

pourquoi les gens qui rient se tuent-ils aussi ?
qu'est-ce qu'elle est blanche
pourtant je viens d'elle
je sors d'elle, mes yeux de ses orbites

ma bouche de ses seins lourds
ils se touchent
j'ai envie de poser ma tête sur les seins qui se touchent
je m'insérerais dans leur fente collante
je m'enfoncerais rebondirais m'accrocherais
à ses seins ses hanches ses cheveux longs
des seins qu'on presserait pour du lait
des hanches j'y poserais un bébé
elle a des cheveux longs de femme fertile
elle a un corps de femme, sublime je ne sais pas
elle a un corps de mère qu'elle ne mérite pas

Abel lève les yeux vers moi.

Elle est belle comme toi.

Elle n'est pas belle, cette femme. Elle est mauvaise, elle est seule, elle est malheureuse, elle n'est qu'elle et rien ne lui survit. Rien d'autre que les larmes de bébé croco d'un jeune idiot qui se tapait une vieille.

Elle n'est pas comme moi. Je crache ça avec mépris. Un mépris oublié, celui qui m'a volé mes nuits adolescentes, la méchanceté monstrueuse que j'ai vaincue en m'y résignant. Les deux garçons me regardent. J'ai honte, et cette honte-là, je ne l'ai pas oubliée, pas de répit, ni pour les faibles ni pour les froids de cœur. Félix détourne le regard, déjà ses yeux s'en vont, ils partent là où rien ne change l'amour. Rien ne change l'amour qu'on a pour ceux qui nous quittent.

Abel, lui, ne ploie pas. Il me fixe et je lui rends son regard noir, et je ne sais pas ce qu'il me dit. J'aimerais qu'il me foudroie, qu'il me lave d'elle, j'aimerais que son extranéité à mon passé, la page vierge qu'il m'offre expie ma honte, ma méchanceté, ma rancœur pour cette femme. Comment on déteste sa mère ? Comment on déteste une morte ? Comment on déteste une suicidée ? On ne peut pas, et pourtant je ne baisse pas les yeux. Avec une fierté qui est tout ce qu'il me reste, mon regard perce celui d'Abel

regarde-moi tu ne comprends rien tu n'es rien pour moi lâche-moi

Il lâche mes yeux, relève le menton d'un coup sec pour me demander *tu as fini ?*, débarrasse mon assiette que j'ai à peine goûtée. Merci Abel, non je n'ai pas faim, ça m'a coupé l'appétit, le récit des nuits crapuleuses de ma mère, ou les baisers d'un presque enfant à son cadavre tiède, je ne sais plus. Mais les carottes avaient l'air bonnes, fais attention tu as une goutte de jus orange à la commissure des lèvres.

Félix lâche ses pensées amoureuses et revient à nous.

Alors c'est ton père qui t'a élevée, Nuria? Ou ton oncle, peut-être?

J'ai un oncle?

Félix a l'air étonné. *Elle t'en a jamais parlé? Ton oncle, j'imagine qu'elle l'aimait au fond, mais sa femme! Ta mère m'a dit un jour que c'était une «femme-pour». Une femme pour son mari, pour sa paroisse, pour sa cuisine. Dans sa bouche, c'était la pire des insultes, elle c'était une femme tout court, et fière de l'être. Je crois qu'ils étaient à la crémation, ton oncle et sa femme.*

Je n'ai rien à faire d'un oncle, qu'est-ce que je ferais d'un oncle?

Quand même, il aurait pu me dire bonjour ce matin.

Abel farfouille dans ses affaires, il cherche son téléphone, retourne les poches de sa veste. C'est la veste en toile qu'il a posée hier sur mes épaules quand j'ai dit oui à *tu veux aller prendre l'air?* Elle me rappelle qu'avant aujourd'hui il y avait hier, avant ici il y a eu le bar où un garçon étrangement tendre pensait à mes épaules nues – geste presque réac qui réchauffa mon cœur déjà saoul. Je n'y crois pas.

Félix voit Abel remettre sa veste. *Vous devez y aller? Je voulais te dire tout à l'heure avant de   Ce que j'essayais de dire, et remercions le whisky qui me donne la force, ou qui m'enlève quelque chose plutôt, la honte ou la pudeur, ah! Je suis un type bien d'habitude, je te jure Nuria, je suis pas le genre de type qui se retrouve ivre devant la fille de sa copine morte!* Il rit. *J'essayais de dire tout à l'heure avant de me casser la gueule   Je suis une pauvre loque. Je l'ai toujours été, sauf avec ta mère, avec elle on pouvait pas être une larve comme je suis maintenant. Pas possible.* Il secoue la tête, ravale son souffle. *J'essayais de te dire que je l'ai connue, ta mère, et je te l'ai dit, je t'ai même dit que je connaîtrai certainement jamais quelqu'un comme j'ai connu ta mère   mais je t'ai menti. J'avais pas encore le courage, j'avais pas encore assez bu. Il m'en faut beaucoup, c'est dans les gènes !* Il simule un sourire.

Il s'anime, son corps tout en jointures tout en nerfs s'agite à nouveau. Il décolle ses fesses du plan de travail, élargit ses orbites qui déjà se mouillent et se penchent sur nous, assis comme des enfants qui attendent leurs coquillettes à la petite table de la cuisine.

La vérité vraie, c'est que ce n'est pas moi qui ai connu ta mère. C'est elle qui m'a connu. Elle m'a connu, elle m'a pris entièrement. Et ce mot, tout le monde, pas seulement les puritains, tout le monde en fait un mot sexuel ! Vulgaire, même, et c'est pas que j'aime pas être vulgaire, mais c'est pas ça que je veux dire. Elle m'a pris tout entier. Au cimetière, elle m'a rendu à moi-même. Je sais pas ce que je vais faire de ça. De moi.

Il nous regarde et se tait. Immobile, son visage réapparaît. La joue pleine et le cerne noir. L'air d'un angelot insomniaque.

En me réveillant ce matin j'ai eu une pensée ridicule, ce moment, là, quand tu sais pas encore que t'es plus en train de dormir, je me suis dit c'est peut-être pour ça qu'elle s'est tuée ? Pour me rendre à moi-même.

Il rit dans un souffle, et la vague au bord de sa paupière grossit.

Mais je sais que c'est pas ça, elle s'en foutait de moi. Gentiment, mais elle s'en foutait. Qu'est-ce que tu veux, on peut pas toujours être le dernier amour de son premier amour. Il y a une chanson comme ça, non ? Il sourit. Il sourit faux, et laisse passer le temps, donne quelques secondes à son cœur pour se laisser convaincre.

Il soupire. Il a vidé son cœur, il a purgé ses larmes. Calmé, le Félix. Il se retourne, range trois bricoles qui traînent, ouvre le congélo.

Ah merde, Sandro, t'as fini les glaçons ! Pardon, c'est mon coloc, il respecte rien. Il est désordonné, un enfer ce type. Mais qu'est-ce qu'il est sympa. Et qu'est-ce qu'il est marrant ! Il parle de Sandro dans le vide, à personne, à son verre peut-être, ou au basilic desséché, à côté du frigo.

Abel ? Abel est resté bloqué sur Félix.

Abel ? Je lui touche l'avant-bras. Ce grand garçon assis à cette table, toute petite dans un coin. On dirait celle où je prenais mon dîner, enfant, en attendant que Papa rentre. Tous les soirs, je reconnaissais le bruit de ses clés très loin, le tintement volait depuis la courette jusqu'à mes oreilles. Je me postais devant la porte d'entrée. Enfin, il arrivait. Il disait *mon bébé je suis là.* Il me couchait, je fermais chaque soir les yeux sur mes certitudes. Aucun doute, aucune question. Un temps où ma mère n'existait pas. J'avais Papa, j'avais Maja, et jamais je n'avais pensé à dire Maman.

Abel enfin se réveille. *Oui ?*

Excuse-moi. Tout à l'heure. J'ai été un peu sèche, je crois que t'essayais de me faire un compliment. C'est gentil de dire aux gens qu'ils sont beaux comme leur mère.

T'inquiète pas. C'est fou comme il respire lentement. Je ne le vois pas respirer. *Tu veux y aller ?*

Oui. Il est sympa mais il va se mettre à pleurer pour de vrai. Je peux pas.

Abel se lève et Félix, emporté dans des pensées étrangères, s'aperçoit qu'on s'en va. On est déjà dans l'entrée quand il nous rejoint, confus de nous avoir oubliés.

C'est sympa d'être venus. Merci les gars ! Comme si on était passés prendre l'apéro. Félix hésite, nous fait signe de l'attendre là. Il disparaît en deux enjambées maigres, et réapparaît en brandissant un trousseau de clés. *Tu veux sa clé ? Je veux pas refoutre les pieds là-bas.* Il me la donne comme on jette des restes presque pourris au chien des voisins.

On débarque dans la rue, Abel reste planté devant la porte cochère. *Tu veux faire quoi maintenant ?*

Je vais rentrer je crois.

Tu veux que je t'accompagne ?

Je ne sais pas si je veux de lui à côté de moi. Mais Félix, je n'y aurais pas survécu s'il n'y avait pas eu Abel. Peut-être que je lui dois quelque chose, à Abel. Peut-être qu'il me rend le temps plus doux.

Je prends le métro à Belleville. Je cherche un ticket dans mon sac. *Merde, il est où ?* Je vide mon sac par terre. C'est sale un trottoir, pisse séchée chewing-gums collés. Mascara briquet téléphone tampon une fiole de parfum crayon carnet. Je n'ai pas mon porte-monnaie.

J'ai pas mon porte-monnaie. Je suis sûre de l'avoir pris en partant ce matin putain. Merde on me l'a volé fait chier c'est vraiment pas le jour.

Abel remonte vérifier s'il n'est pas là-haut. C'est idiot, il n'y a pas de bon jour pour se faire voler son porte-monnaie. Je fouille une autre fois dans mon sac. Pas là.

Alors j'attends qu'Abel revienne. Je retourne les images les gestes les riens qu'en deux heures à peine on oublie déjà, mon porte-monnaie doit être caché derrière une maladresse. Abel revient.

Y avait rien. On est seulement allés au Père-Lachaise, depuis ce matin. Tu veux aller voir s'il y est?

J'ai vraiment pas envie.

III.

L'homme au bout de l'allée grogne quelque chose. En habits de travail, il fait une pause, il a posé son râteau contre un drôle de mausolée – deux gisants collés l'un à l'autre, un homme et une femme, sous une nef néogothique.

Je m'approche. Le type a une tête à coucher dehors. À dormir dans les rues, la peau de cuir, le poil dru, un vieux fatigué.

Alors on se promène ? Fait chaud aujourd'hui ! Envie d'une petite glace. Mon parfum préféré c'est fruit de la passion. Vous ?

Pas vraiment de parfum préféré.

Bah si forcément. C'est quoi la boule que vous prenez le plus souvent ?

Yaourt.

Ah. Bon. Un peu déçu. Mais souvent les gens déçoivent ! Je peux vous aider ?

Je cherche mon porte-monnaie, je crois que je l'ai perdu ici.

Bah je l'ai pas moi votre porte-monnaie.

Il n'y a pas un service des Objets trouvés quelque part ?

Ha ha ! Les Objets trouvés du Père-Lachaise. Eh ben, la bonne idée. Je sais pas qui viendrait récupérer ces conneries. Rien que ce matin, vous pouvez pas imaginer ce que j'ai chopé !

Il sort un sachet d'une poche de son pantalon jaune, tellement vif qu'il me pique les yeux. Il retire un de ses gants de jardinier, sort ses ongles noirs de terre et agite le sachet sous mon nez.

Plein de petits trésors ! Y a des gens qui déposent comme des offrandes, quoi. Ça tinte. Il doit y avoir des clés ou du verre, et aussi un bout de dentelle.

Et pas de porte-monnaie ? Il est vert.

Comme vos yeux. Le type a l'air ravi.

Mes yeux ne sont pas verts.

Ah bah non. Ma mère avait les yeux verts. Elle est morte maintenant.

La mienne aussi. On l'a incinérée ce matin dans le grand crématorium.

Ah oui ? Celui avec la jolie mosaïque bleue ? Je l'aime bien. Je dois faire une tête parce qu'il plisse ses lèvres en cul-de-poule et dit *Oh pardon, déformation professionnelle ! Désolé pour votre maman. Pour le porte-monnaie, vous aurez peut-être plus de chance avec Serge.* Il m'indique un bistrot, devant l'entrée principale du cimetière. *Lui dites pas que vous venez de ma part, je lui dois dix balles pour cinq Astro et je veux pas être rappelé à sa mémoire. Trois Capricornes et deux Vierges, pour ma maman et moi. Paix à son âme.*

Amen.

Serge, tenancier du bar-tabac sis 1 rue des Enfers. Je me demande s'il s'y est fait. Sinistre, de servir les endeuillés, et pire encore, de temps en temps, parmi les désespérés larmoyants, de vrais affamés qui hésitent entre le hachis parmentier et une bavette saignante, *c'est possible avec de la purée plutôt ? et on se prend un petit pichet, hein ? on va pas se laisser crever.*

Devant la grille du cimetière, Abel regarde son téléphone, fait glisser son pouce sur l'écran explosé. Il lève la tête

Alors ?

Rien. Je vais demander au café.

Je pousse la porte du bistrot. C'est un troquet pourri, les chaises sont bordeaux, on les voit luire d'ici. Le sol est en lino. Ça colle sous les semelles, un mélange de bière, de piquette ou de crachats, je sais pas.

Il y a un vieux au bar. Les pellicules tombées de son scalp malsain ont taché son costume. De dos sa veste noire, dans un tweed de laine, ressemble au plumage d'un corbeau poivre et sel. Il commande un deuxième allongé.

Tout de suite, Lulu ! Et vous, Monsieur, quelque chose d'autre ?

Le tenancier s'adresse à un petit monsieur, le col bien boutonné, la joue rasée de frais, il plie sa serviette en carré, la pose à droite de son assiette vide. Seul assis dans la salle, il a l'air satisfait. Comment ? Comment être content ? Dans ce bistrot immonde qui sent mauvais l'alcool vite avalé, le désespoir discret, et les morts qu'on essaie d'oublier.

J'avance vers le comptoir et interroge ledit Serge. *Monsieur ?*

Il lève l'index, *une petite minute.*

J'ai juste perdu

J'arrive, j'arrive.

Il ne m'a pas regardée, l'air pressé, alors qu'il n'y a pas un chat. Antipathique, mais je ne peux pas lui en vouloir. Il est pire que croque-mort. La mort, il ne la croque même pas. Il en ramasse les restes, mâchés et digérés, recrachés par le cimetière direct sur le comptoir. Personne ne rêve d'être la rive où s'échouent les gens tristes. Et lui, il accueille les pires : ceux qui croient avoir une bonne raison de pleurer.

Ce sont peut-être elles qui me collent aux semelles. Les larmes des gens qui pleurent.

Serge disparaît un instant derrière la petite porte, et reparaît déjà, une note à la main, qu'il fixe l'air soucieux. *Oui, Mademoiselle ?* Il a levé les yeux.

Je lui parle de mon porte-monnaie perdu. Il n'a rien récupéré depuis ce matin. Il dit *désolé*. Il a l'air de s'en foutre. Trop habitué qu'il est à se dire désolé des grands malheurs de ses clients, pour mon petit malheur, il n'essaie même pas de faire semblant.

J'entends derrière moi
Nuria ?

Le petit monsieur à la serviette soigneusement pliée s'est levé, je tourne la tête vers sa voix, il est juste sous mon nez.

Excusez-moi, on se connaît ?

Non, mais j'ai vu des photos ! Je suis Arnaud, le frère de… Je suis ton oncle.

Après l'amoureux en larmes, le frère bien propre sur lui ne me fait pas envie.

Ah oui, on m'a dit, ce matin. Félix m'a dit – oui, le mec qui a fait le discours. Il m'a dit que j'avais un oncle. Je ne savais pas, avant. Désolée. Je dis *désolée* comme Serge m'a dit *désolé*.

C'est pas grave, du tout du tout. Je suis vraiment ravi de faire ta connaissance, enfin ! Déjà ce matin, je croyais t'avoir vue, de loin. Tu as le temps de prendre un café ? Vous avez le temps ? Il sourit à Abel qui m'a suivie.

Oui, je peux rester un peu. Un crème alors. Abel, qu'est-ce que tu veux ?

Un café et puis peut-être un truc sucré aussi ! Je vais commander. Et Abel disparaît.

Tu lui ressembles. Tu as les couleurs de ton père, c'est sûr, la peau, les cheveux, mais ce sont ses traits à elle. Tu ressembles à notre mère, en fait. Toutes les trois, vous avez les mêmes yeux. Ah oui, c'est fou comme tu lui ressembles ! Ma sœur. Tout à fait elle, quand elle était jeune. Il dit ça avec un sourire et une curiosité qui écarquille les yeux. *Qu'est-ce que tu fais dans la vie ? Tu dois avoir terminé tes études ?*

Pas encore.

Ah bon, très bien, et qu'est-ce que tu vas faire, après ?

Je sais pas bien pour l'instant. On verra.

Bon bon. Et combien de temps tu as pour te décider ?

Encore un an.

Il me dit que ce qui compte c'est d'aller jusqu'au bout. Et il pense à elle. *Ta mère, elle, ne finissait jamais rien. Elle a commencé une licence de droit, une autre d'histoire de l'art, tout ça pour faire ses peintures !* Ça, je le sais. Elle était artiste peintre. *Pardon, c'est qu'elle n'allait jamais au bout des choses. Elle était comme ça. Dilettante.*

c'est un joli mot qu'on ne dit plus trop
un compliment reproché en défaut
il dit dilettante et moi j'entends
curieuse libre goûteuse de vie
ou je veux entendre et penser que
de ça aussi j'ai hérité

Dilettante, c'est joli.
C'était une artiste. Comment va ton père ?

Je lui réponds qu'il est mort quand j'avais six ans, que j'ai été élevée par sa mère. Gêné, il bafouille *ah c'est pour ça que ta grand-mère a répondu quand j'ai appelé.* Il ajoute qu'il est content que je sois venue. Il a eu du mal à trouver un moyen de me joindre. Content que j'aie été prévenue à temps. *Ta grand-mère est très aimable.*

Pour faire la conversation, je lui renvoie *Vous avez des enfants ?* Ses lèvres font une moue mi-triste mi-résignée. *Nous n'avons pas pu.* Et il regarde le ciel, comme s'il attendait encore que de lui tombe la semence. *Ma femme et moi, nous voulions des enfants évidemment, mais ce n'était pas Sa volonté*, il coupe brièvement sa respiration pour que s'entende la majuscule. *Alors Constance – ma femme est là, tu vas la rencontrer, elle est allée se laver les mains –, elle se console en prenant soin des enfants des autres ! Notre paroisse est liée à un orphelinat très bien. Constance s'occupe de trois-quatre orphelins, ça lui allège le cœur, je crois vraiment. Même si les enfants ne sont pas très reconnaissants. Les sœurs, un peu plus !* Il souffle un rire pointu.

La porte du fond de la salle bat et pousse une petite femme dans la lumière. Arnaud se retourne vers elle, *Constance, regarde qui est là !*

La petite femme amortit de ses fesses le battement de la porte qui se ferme. Au premier regard, c'est une forme brumeuse, sans couleur. Elle s'approche et je vois une jupe bleu marine, dans un lin rigide, elle descend sous le genou, et un chemisier à plastron boutonné jusqu'au cou. Tout en haut, une petite tête chiffonnée, un chignon bien serré.

Bonjour bonjour ! Nuria ! Quelle joie de te rencontrer enfin ! Je disais à Arnaud tout à l'heure que ce devait être toi, mais il a répondu qu'une fille n'allait pas incinérer sa mère vêtue d'une robette violette. Tu vois que j'avais raison ! Elle lui donne une tape bizarre contre la nuque, soufflet maternel ou préliminaire timide. Arnaud ne réagit pas.

« Incinérer, incinérer », quel horrible mot ! On se fait enterrer, chez nous. Brûlée ! Presque vive ! Ça fait Auschwitz. Ou sorcière !

Abel nous rejoint, il tient d'une main deux tasses de café, un au lait, un sans rien. C'est fou ce qu'on peut attraper avec de si grandes mains. De l'autre main, il dépose sur la table un moelleux au chocolat, cœur coulant. Il sort certainement du congélo, je suis sûre que Serge ne sert pas de desserts faits maison, mais cette odeur de chocolat fondu, même industriel, ça ne se snobe pas. Et elle suffit à lisser la ride agacée que ce commentaire bâtard vient de creuser entre mes sourcils. Abel pose les tasses, elles se cognent en atterrissant, et le dos de sa main effleure mon avant-bras qui traîne sur la table. Entre nous un choc d'électricité statique, il le sent aussi parce que ses yeux viennent sauter sur les miens.

Il s'assied sur la chaise à côté de la mienne, et me glisse à l'oreille *je t'ai pris une deuxième cuillère, au cas où t'aimes le chocolat*, et je sens son souffle chaud, il se glisse quelque part entre mon nombril et mon pubis.

On est peu de chose. Je clos mes paupières, un battement de cils pour les autres, et pour moi, tout le temps qu'il faut pour revenir à ici et maintenant.

Abel, ma tante Constance. Constance, Abel.

Ma. Tante. Ça me donne un sourire coupable, un plaisir à se dire que j'ai quelqu'un à moi, une honte à la vouloir à moi alors que je ne la connais pas. Jusqu'ici, il n'y avait qu'une personne qui soit à moi ainsi : ma Jeanne. Constance, Arnaud, deux encablures de plus entre la solitude et moi.

Qui es-tu ma tante ? Elle sent le frais, l'herbe ou la rosée. Ses mains ont aplati le tissu de sa jupe quand elle s'est assise, sans même regarder ses cuisses, par réflexe. Elle ne porte ni bracelet, ni pendentif, ni boucles d'oreilles. Elles ne sont pas percées, ses oreilles. Rien d'autre que son alliance et un petit sourire qui plisse le coin de ses yeux.

Abel, c'est biblique ça. Vous êtes protestant ? Il y a un temple très convenable près de chez nous. Vous connaissez peut-être ? Rue des Bleuets.

Non, pas du tout, à Paris ? Contre sa voix à elle, la voix d'Abel sonne encore plus pleine, encore plus caverne, ou pas caverne, plutôt cabane, la voix d'Abel me fait le même effet qu'une cabane perchée en forêt.

Mais non voyons ! À Versailles, hi hi ! Constance a un grand rire, qui fait du bruit mais ne résonne pas. C'est une femme qui ricane.

Évidemment. De toute façon, je suis pas protestant.

Tant mieux. Ni juif j'espère ? C'est de l'humour, pas d'inquiétude, je ris !

Très drôle. Abel dit ça et ne sourit pas.

Abel et Constance parlent de rien, et je ne m'en mêle pas, occupée à éviter le regard d'Arnaud. Il ne m'a pas quittée des yeux. Toujours écarquillés, toujours curieux, mais pas émus exactement, plutôt retenus, par respect peut-être, ou c'est autre chose. Je ne sais pas quoi. C'est fou comme je ne lui ressemble pas. Rien à voir, il a la peau aussi blanche que ma mère, son teint tirant plutôt vers le rose que son blanc à elle, et il a les yeux bleus. Si loin de moi, de ma peau de terre, de mes yeux de feu. C'est Maja qui parle d'eux comme ça. Elle dit *moi j'ai la peau couleur terre brûlée, et les yeux couleur cendre, toi tu as les couleurs d'avant que l'incendie ne brûle tout, comme elle est douce ta peau couleur terre, terre encore fertile, et comme ils sont beaux tes yeux couleur de feu qui part, tes yeux couleur étincelle.*

Je me tourne vers Abel. *Il est comment ce moelleux ?*

Pas dégueu. Abel retient un instant son regard sur le mien et comprend que je ne sais plus quoi dire – alors que je n'ai encore rien dit. Il inspire d'un coup sec pour prendre son élan, *donc vous habitez Versailles ?* Une boucle de ses cheveux a rebondi sur son front humide quand il s'est tourné vers Arnaud.

Oui, depuis toujours ! On a grandi à Versailles, avec ta mère, tu sais ? Je secoue la tête, parce que non je ne sais pas. *Quand j'ai épousé Constance*, il lui donne un regard doux, *on a emménagé dans une maison près de… Mais tu connais un peu Versailles ?* Je fais non de la tête. *Il faudra que tu viennes nous voir. Comme je regrette de ne pas t'avoir connue plus tôt. Viens, je te montrerai des souvenirs, des photos. Tu viendras ?* Je hoche une fois la tête avec un sourire, pas un sourire de chaleur, simplement un sourire de convenance. *On habitait déjà là quand ta mère est venue vivre avec nous quelque temps.* Il s'interrompt et pose sur moi ses yeux, et ses lèvres toutes fines – rien à voir avec mes lèvres pleines et marron-rouge – ses lèvres sont distantes d'un filet d'air. *Avec ta mère, c'était compliqué. Mais on n'était pas fâchés, non non, je ne pouvais pas me fâcher avec ma petite sœur. Simplement, le temps a passé. Je l'appelais de temps en temps, pour vérifier, pour avoir de ses nouvelles. Tu sais, ce n'était pas la première fois qu'elle essayait d'en finir. Elle était compliquée.*

Arnaud baisse les yeux et grimace à peine, c'est presque imperceptible, piqué par un moustique imaginaire. Constance dans l'instant tend sa main, qu'elle pose sur celle d'Arnaud. La main d'Arnaud se retourne, accueille les petits doigts, doucement se referme et serre une fois. Le pouce de sa femme caresse en ronds la peau ridée, des petites taches de soleil partout.

Mais il y a eu des moments heureux ! Il raconte ces mois où elle est venue vivre avec Arnaud et Constance, au début de leur mariage. Elle était encore au lycée, où ça ne se passait pas bien. Arnaud lui a proposé de terminer l'année chez eux, parce qu'elle avait l'air si malheureuse, *et je la comprends, Papa était de plus en plus sombre ! Déjà il se laissait mourir. De toute façon, après la mort de ta grand-mère, c'était fini, il n'y avait plus personne. Alors que moi, jeune marié, je n'avais jamais été aussi heureux !* Il voulait partager ce bonheur avec sa petite sœur, *oh c'est peut-être difficile à imaginer, mais c'était une jeune fille fragile, frêle même, presque maladive*. Avec ses veines bleues sous les yeux et ses poignets maigres. *Moi, je ne pensais pas vraiment pouvoir la rendre heureuse, mais Constance,* il se disait que Constance, elle, pourrait peut-être, puisqu'elle avait pu, avec lui. Il tient toujours les doigts de sa femme entre les siens, et leurs mains serrées font sous nos yeux, au centre de la table, comme un trophée de leur vie entière passée à deux. *C'est elle qui,* d'un regard glissant il survole leur étreinte et regarde sa femme juste à côté de lui, pas dans les yeux mais quelque part dans le cou. Il s'éclaircit la gorge, *c'est toi qui m'as appris.*

Appris quoi ? Constance a pour son mari un œil ému, un peu timide, et je sens que ces mots simples, parce qu'ils sont rares, sont des mots doux.

C'est toi qui m'as montré qu'on pouvait être heureux. C'est tout. Sans détourner son regard de sa femme, à qui il n'ose pas faire de déclaration dans les yeux, déclaration dans la carotide suffira, sa main-trophée réitère son serrement, il continue. *Je m'exprime mal, tu me connais, mais c'est toi qui m'as fait découvrir la joie du foyer.* Il nous regarde désormais, Abel et moi, *c'est la femme qui fonde le foyer, c'est elle qui lui donne sa force, sa puissance. Je pensais que ma sœur, ma petite sœur, avait besoin de voir ça. De voir une famille heureuse, et de voir une femme heureuse*, il le glisse d'un timbre incertain, ça déraille un poil entre les deux syllabes *heu-reuse*, il craint d'être présomptueux, mais les petits doigts restent dans sa main, et les petits doigts qui restent ça veut dire oui, oui mon mari, je suis une femme heureuse. *Je voulais lui montrer ce que sa vie pouvait devenir, si elle voulait.*

Il me dit ça tout bas, et sa phrase s'éteint sur un faux rire. Il nous fait cet aveu comme l'aveu d'une croyance un peu sotte dont on garde une petite honte. Il se trouve bête d'avoir cru cela, d'avoir cru qu'elle l'écouterait, qu'elle deviendrait une femme qui a un mari, tout simplement, il se trouve bête comme s'il avait cru jusqu'à dix ans au Père Noël. Il a l'œil petit, un peu luisant, ses lèvres se plissent puis se déplissent par sursauts. Je crois qu'il se demande *qu'est-ce que j'aurais pu faire de plus ?* et qu'il se répond *rien, rien de plus, j'ai essayé, vraiment, j'ai essayé*, et le cycle recommence, l'œil d'abord s'attriste, elle est morte, sa petite sœur, alors l'œil se mouille, et puis le sourcil se lève parce que le grand frère se demande où il a merdé, et la lèvre fait une minuscule moue qui éloigne cette pensée parasite, et enfin la lèvre s'étire, c'est le début d'un sourire qui veut dire *on a eu des bons moments, quand même.* Le cirque recommence, à la vitesse de la lumière la goutte qui lustre l'œil, le sourcil sursauté, la lèvre contractée et la lèvre rieuse s'enchaînent.

C'est un homme facile à observer, mon oncle. Quelque chose en lui est lisse. Une image. Une image, c'est facile à regarder. Et il est si doux, sa voix un coton gentiment asphyxiant, ou une barbe à papa un peu écœurante, son petit crâne rond, pas un cheveu sur la tête, ses poils de trous de nez, ses oreilles à lourds lobes. Il est bizarrement touchant, comme s'il avait choisi cette apparence disgracieuse, comme s'il avait choisi de n'être pas très joli, et d'être tout petit, pour qu'on se sente bien à parler avec lui, et ses petits yeux sans sclère, tout bleus, ne sont pas menaçants, ne sont pas désirants, nous regardent d'en dessous, perchés en haut d'un torse qui tangue en équilibre sur la chaise de bistrot.

ses orteils touchent-ils
le sol en lino le bout de la chaussure les mollets de sa femme
quand ils font l'amour
s'ils font l'amour?

Sur la table les mains des amoureux se détachent. On toussote. Abel soulève de l'assiette une cuillère d'où gicle une goutte de chocolat. Personne encore n'est venu débarrasser le déjeuner. Je regarde les restes de purée dans un coin de l'assiette.

Tu as faim, Nuria ? Tu veux commander quelque chose ? Je crois que la cuisine est encore ouverte si tu

Non merci, Constance, c'est bon.

Elle lisse ses cheveux du plat de sa main. *Alors, comment est-ce que vous vous êtes rencontrés, tous les deux ?*

En boîte, hier soir. Je sais pas pourquoi j'ai envie de l'emmerder.

Ah, bon, très bien. Elle ne peut rien répondre à ça, évidemment. Un inconnu qu'on traîne à la crémation de sa mère, le lendemain d'une soirée qu'on peut imaginer finie dans mon lit, ça ne rentre pas dans sa matrice. Ça rentre pas dans la mienne non plus – ça rentre dans la matrice de personne. Elle a la grâce de recevoir ma provocation avec indifférence. Elle me sourit encore. Son sourire ne la quitte jamais.

Arnaud bifurque. *Tu veux que je te parle d'elle ?*

La question me surprend, et je me sens con. J'aurais dû y penser, évidemment qu'on allait me la poser. Je devrais vouloir entendre parler d'elle. Je devrais vouloir savoir des choses, mais je sais pas quoi. Et ce n'est pas que je ne veuille pas, j'y avais juste pas pensé. Je fais une mine, une moue des lèvres subite et un haussement de sourcils étonné qui essaient de dire *je sais pas, pourquoi pas.*

Il me demande ce que j'aimerais savoir. Je garde la même expression, et je secoue à peine la tête, ça veut dire *racontez-moi n'importe quoi.*

Abel propose *des histoires de quand vous étiez enfants ?*, il doit se dire que les histoires d'enfant sont plus gaies que les autres, et je suis d'accord.

J'ai mauvaise mémoire mais de mon enfance, je garde quelques images, quelques scènes sans avant ni après, des bouts de couleurs, d'odeurs, des petits bruits, les clés de Papa qui tintent, un ballon en forme de caniche qu'on m'offre à la fête foraine des Tuileries, un chat perché dans la cour de l'école, je cours à perdre haleine, vite vite un banc. J'ai peut-être fabriqué d'autres souvenirs aussi, pour donner un sens aux trésors de ma « boîte à secrets », où j'ai préservé toutes les petites conneries de mon enfance. Je fais semblant de me souvenir des jeux de billes parce que j'ai dans cette boîte des œils-de-chat et tourbillons, et deux calots aussi, et une pierre sans intérêt que j'avais ramassée en randonnée avec Maja à la Martinique, je cavalais et elle se plaignait à la traîne, *an kay fé on ti poz, « on fait une petite pause »*, et un coquillage de la plage où Papa m'avait fait nager pour la première fois. Je ne garde que des images joyeuses. J'ai peu de souvenirs, mais tous ceux que j'ai gardés, c'est parce qu'ils me plaisaient.

Arnaud fait passer derrière ses yeux ses souvenirs à lui. Il réfléchit à ce qu'il va raconter. Abel lui souffle *des histoires de cabanes, de jeux d'enfants, de forêts, de vacances !* Et il me donne un peu de son enthousiasme. Allez-y, mon oncle, racontez !

Alors Arnaud raconte. Ses paroles sortent par salves, exhumées un coup de pelle après l'autre de sa mémoire.

Il y a
les riz au lait d'une nourrice savoyarde
l'eau sucrée qu'on buvait avant d'aller se coucher
la course dans la rue au retour de l'école
(*je faisais toujours exprès de la laisser gagner*)
sa chambre à elle, les murs turquoise
et ses poupées que je cassais
elle qui crevait mes beaux ballons
nos batailles à mort
elle me griffait de ses tout petits ongles
je poussais de tout petits cris pour lui faire peur
ma petite sœur

Ta mère et moi, à l'époque, nous n'étions pas malheureux, un peu seuls, c'est tout. Elle, surtout, quand je suis parti. Elle était encore enfant, elle avait douze ou treize ans. Moi aussi j'ai été seul, mais j'ai trouvé ma Constance. Ta mère, je ne sais pas comment elle a fait. On ne parlait jamais de ce genre de choses. De nos états d'âme.

Elle n'était jamais seule longtemps ! Constance, piquante.

Oui, c'est vrai qu'on en a vus défiler ! Elle les faisait toutes tomber tous tomber. Toujours quelqu'un pour la suivre comme une ombre. Arnaud a un rire indulgent, jugeant mais indulgent quand même.

Comme un chien, oui !

Toujours quelqu'un pour la prendre comme elle était.

Elle méprisait les hommes. Les femmes aussi !

Elle est méchante, ma tante. Ça m'amuse, ambiance comédie noire. C'est quand même marrant, la catho coincée qui déglingue sa belle-sœur à peine incinérée. Je suis comme au cinéma. Je m'adosse à la chaise franchement dure, c'est du bois de cercueil cette chaise, Serge a tout fait pour rester dans le thème, c'est pas possible. Je m'enfonce et je regarde.

J'ai de la chance parce que apparemment Arnaud se prend au jeu des histoires de jeunesse. *Quand on vivait ensemble tous les trois, elle avait quoi, dix-sept ans ?* Il raconte les soirées calmes une fois rentrée du lycée, les vers du nez tirés après les *tu as passé une bonne journée ?* Il raconte sa timidité, une jeune fille réservée. Ils ne parlaient pas beaucoup. Le meilleur moment, c'était le déjeuner du dimanche, après la messe. Constance et Arnaud y allaient seuls, la plupart du temps, et ils passaient acheter une tarte à la boulangerie de la place de l'église. Constance vocalise une réminiscence *oh là là, leur tarte rhubarbe-pistache…*, et elle étend le *aaache*, elle mime en fermant les yeux un plaisir immense et continue, dépitée, *ça n'a plus rien à voir depuis qu'ils ont changé de propriétaire.*

Après la boulangerie, ils revenaient à la maison, Constance allumait le four dans lequel le gigot ou le poulet rôti attendait de cuire. *Ta mère a toujours été lève-tard, alors je la laissais dormir jusqu'au dernier moment !* Enfin, Arnaud allait la réveiller. Et ils déjeunaient. Constance parlait de scs amies de la paroisse, de ses mésaventures au marché, et Arnaud rit en se rappelant ses monologues, et Constance se fâche sans colère, *je vous racontais mes histoires et tous les deux, vous vous moquiez de moi !* Ses yeux pétillent. Un étrange contraste, la peste ne peut cacher sa joie à se rappeler les moments qu'elles ont partagés. Une tendresse de sœur. Une méchanceté de sœur.

Mais pas du tout, ma chérie. Arnaud sourit. *Oh peut-être, mais ça nous rendait complices de quelque chose !*

Constance n'a pas le même sourire aux lèvres, ses sourcils sont crispés. Elle laisse Arnaud parler.

Qu'est-ce qu'elle était mignonne à cette époque ! Ses cheveux toujours nattés. Toujours trouvé bizarre qu'on déguise les jeunes filles en poupées. *C'est Papa qui les voulait comme ça. Et sa peau d'opale, ce n'est pas de moi, c'est Papa qui parlait comme ça de notre mère, déjà. Une peau d'opale, tu vois comment c'est une opale ? Les reflets bleus.*

Constance lève les yeux au ciel et murmure *être une femme dans cette famille !* Arnaud n'entend pas ou fait semblant, il ne moufte pas.

Étrange commentaire, que je ne comprends pas. Je sais encore moins de ma grand-mère que de ma mère. En fait, je ne sais rien.

Elle était ravissante, ravissante avec un petit air maladif. Constance glisse ça du bout des lèvres, la voix un peu plus aiguë, l'air de rien. Ce sourire vacant toujours. Elle ne sait pas à quoi sert un sourire. *Et toujours silencieuse, surtout quand quelqu'un nous rendait visite ! Tu te souviens, ton ami Jacques, qui ne voulait plus venir dîner à cause d'elle ? Elle lui faisait peur !*

Arnaud secoue la tête en rigolant. *Jacques, il ne venait plus parce qu'il s'était pris un râteau ! Il avait honte, c'est tout. Ah ça, tous mes copains, sans exception, étaient fous amoureux d'elle.*

Si tu le dis ! En attendant, j'en ai pas vus beaucoup se battre pour l'épouser ! Elle jette un regard oblique, pousse un petit *hm* sec genre chipie de cour d'école. *Arnaud, elle était quand même très instable*

Mais qu'est-ce que tu dis

Elle entendait des voix !

Mais non, quand elle était enfant seulement, parce que sa mère lui manquait.

Elle ne l'a presque pas connue, sa mère, et pourtant elle entendait sa voix !

Allez arrête, chérie, arrête. Il fallait bien qu'elle s'invente des histoires pour ne pas mourir d'ennui, dans cette maison lugubre. Il imite un frisson en faisant vibrer ses lèvres. *Et Papa ! Un fantôme de plus.*

Mais tu te souviens de l'histoire des assiettes quand même ! Elle murmure pour son mari *raconte-lui l'histoire des assiettes, pour qu'elle sache.*

Arnaud veut abréger la conversation. Abel au dehors des sentiments, Abel qui bouffe le moelleux comme les histoires, comme il bouffait hier mes lèvres à pleine bouche, à pleines dents presque, Abel bouffe la bile de Constance. Abel demande

L'histoire des assiettes ?

Je lui lance un regard pas noir mais pas loin, un regard qui dit *tais-toi*. Mais ma bouche, elle, ne dit rien.

Ah là là ! Mais quelle histoire. Et Constance est lancée. Je devine une pente glissante, qui pourtant commence innocente par l'achat de figues au marché.

Elle était allée au marché acheter des figues pour faire une tarte. Ses traits maintenant tendus se relâchent le temps de dire *ses fruits préférés !* C'était le début de la première saison, celle des grosses figues violettes, à la fin du printemps. *La scène qu'elle nous a faite ! Et ce n'était plus une enfant, elle devait avoir,* elle cherche, les yeux dans le vide, *une quarantaine d'années, oui puisque toi tu as fêté tes cinquante ans l'année suivante. Et pourtant cette crise ! Digne d'une adolescente !* Et *adolescente*, comme *dilettante* plus tôt, devient insulte.

Constance me raconte cette histoire à moi, elle ne regarde que moi et par mégarde je l'encourage parce que mon regard ne s'y dérobe pas. Je n'ai pas du tout l'impression qu'on parle de ma mère, j'ai l'impression d'avoir franchi un portail magique, d'avoir atterri dans un monde parallèle où il est question de figues de marché de petites méchancetés de jalousies d'anecdotes ridicules. Vas-y, ma tante, je t'écoute, mais pas comme une vraie personne, je t'écoute comme une émission de téléréalité, le genre de truc dont on dit *non mais bien sûr, c'est complètement scénarisé !*

Et Constance de partir dans une série d'exclamations à des aigus variés, dont je ne démêle pas le fil narratif. Distrayante pourtant. La brume de début d'après-midi, cette envie de sieste qui me guette tous les jours après le déjeuner commence à m'emporter. Mes épaules se relâchent, sans y penser je sens mes lèvres esquisser un sourire, et mes paupières battent à un rythme plus lent, un coup d'œil à ma droite, Abel me le rend, on est bien. Je suis bien, vraiment bien, la chaleur qui jusque-là m'étouffait désormais m'entoure en cocon. Les détails ridicules de son histoire d'assiettes brisées glissent sur mes oreilles, et j'observe en retrait Arnaud qui fait de ses mains le signe de se calmer, *calme-toi chérie.* Ses mots provoquent évidemment l'effet inverse, et Constance plus aiguë que jamais

Mais Arnaud enfin ! Elle a lancé l'assiette presque sur ma tête, si je ne l'avais pas esquivée je ne sais pas où je serais aujourd'hui !

Elle a fait tomber l'assiette par terre, c'est tout. S'il te plaît.

Pas du tout, elle voulait nous détruire ! Tout ce qu'on est, c'est ça qu'elle voulait briser ! Elle crie ça à Arnaud. Il ferme les yeux pour entendre moins fort. Elle crie mais ça résonne à peine dans la salle de restaurant, et Gaston, Marcel ou je ne sais comment s'appelle le type au bar, ne nous remarque pas. Pas plus que Serge que j'entends triturer la caisse derrière moi. Constance crie mais ne fait pas de bruit.

Elle se reprend, et plante furieuse ses yeux au fond des miens. Ça me fait l'effet d'être empoignée par le col, même si je ne sais pas l'effet que ça fait, puisque jamais personne ne m'a saisie par le col comme les mecs énervés empoignent dans les films. Elle veut s'expliquer. Avec moi ?

Tout ce fatras pour un logo sur une assiette, c'est ridicule ! Nous étions très impliqués dans le mouvement, mais les actions sont plus rares aujourd'hui, beaucoup ont été découragés après l'adoption de la loi. Ce n'est pas parce que maintenant n'importe qui peut se marier qu'on doit abandonner la lutte. Ses yeux roulent dans leurs orbites. *Vous voyez notre petit logo avec les silhouettes d'un père, d'une mère et de deux enfants ? J'avais passé des heures – des heures ! – à l'appliquer joliment au pochoir sur les assiettes à dessert.* Elle mime le coup de pinceau. Je meurs d'envie de lui dire que j'en ai rien à foutre. *Est-ce qu'il ne faut pas être fou pour briser une assiette qui symbolise la famille, l'essence de la famille, la famille telle qu'elle rend les enfants heureux ? Celle qui a toujours existé ? Celle qui a rendu l'humanité entière heureuse et fière ? Vouloir détruire ça ! Et ta mère, ta mère,* elle répète en distinguant *ta* et *mère* comme si j'étais responsable de ma filiation, alors que c'est elle qui m'a enfantée merde, j'y suis pour rien, et cette articulation de *ta* et *mère* me scie les cordes vocales et l'indulgence. *Ta mère est partie dans une tirade in-sen-sée, et a envoyé l'assiette contre le mur ! Elle a frôlé mon oreille, mais tu te rends compte ?!* Elle a les yeux écarquillés et elle hoche la tête lentement, certaine que moi aussi je suis scandalisée par cette histoire, certaine que ma tête bientôt suivra le mouvement de la sienne, certaine que nos deux têtes scandalisées bientôt monteront et descendront en chœur, car quoi de plus choquant qu'une assiette cassée ? Quoi ? Hein ?

Constance fait une pause, vite reprendre son souffle, et une pensée enrageante la foudroie. *Et qui a dû ramasser tous les éclats ?! Pandore aurait pu blesser ses coussinets ! Ça, elle n'y pensait pas, évidemment. Elle nous croyait égoïstes, intolérants, mais je ne crois pas qu'elle, elle ait passé une seconde de sa vie à penser à quelqu'un d'autre qu'à elle-même !*

Je sais pas la tête que je fais, mais si elle ouvrait les yeux, elle verrait que je suis dans l'autre camp. J'ai jamais aimé les chats.

Quelle nécrologie de merde. Si le jour de ma mort, quelqu'un, même quelqu'un d'insignifiant, mon pire ennemi ou un cousin au troisième degré ne trouve rien à dire d'autre que je me sens assez queer pour casser l'assiette à dessert de ma belle-sœur, je serais franchement déçue.

Ma tante, je te vois, et ton visage qui ne se décontracte pas, et ta respiration qui lève et abat tes épaules, je les vois et je sens que tu as d'autres points à marquer. Tu règles tes comptes et j'aimerais avoir le courage de te dire de la fermer. Mais je suis polie. Tu règles tes comptes, et je tends l'autre joue.

Qu'elle dise ce qu'elle veut, j'écoute plus vraiment. Je prendrais bien un moelleux au chocolat juste pour moi. Toujours un peu chiant de partager, surtout parce que couper équitablement le cœur coulant, c'est quasi impossible. Et je me sens lésée, Abel.

Depuis cinq minutes, Constance monologue, et personne ne la coupe, ce qu'elle doit prendre pour une autorisation à continuer de se déverser en nous. Il suffirait d'un mot, un *je comprends*, un *elle était compliquée* de ma part pour que Constance se taise. Mais à cet instant, c'est trop me demander. Je suis hypnotisée par ses lèvres qui bougent et que je n'interromps pas. Je me surprends à avoir une pensée clairvoyante : peut-être que j'ai envie d'entendre du mal d'elle dans la bouche de quelqu'un d'autre que moi. Peut-être que chaque reproche de Constance gomme un peu de ma honte à avoir détesté ma mère suicidée. Ou peut-être que c'est l'heure de la sieste, et que je suis trop engourdie de l'esprit pour trouver l'impulsion de dire quoi que ce soit. Et l'oncle, le mari, l'homme en face de moi se tait, par lâcheté, lassitude ou calcul : s'il la laisse parler, peut-être qu'elle se taira, après. Un enfant qu'on laisse hurler jusqu'à ce qu'il s'épuise.

Alors Constance parle.

Je ne veux pas te paraître cruelle, Nuria, mais ta mère était monstrueuse. Ne pas être dans ta vie est certainement le plus beau cadeau qu'elle t'ait fait ! C'est fou comme Constance est antidramatique. Savoir dire de telles horreurs sur le ton de la conversation, c'est un talent.

C'est vrai, Arnaud, il faut lui dire la vérité ! Tu ne dois pas passer unnne minnnute à la regretter. Elle a fait un choix égoïste au terme d'une vie d'égoïste. Je cherche un peu de sollicitude à ma droite, mais Abel boit le dégueulis méchant de Constance, fasciné. *Tu ne sais pas ce qu'elle a fait, Nuria. C'est elle qui a fini par tuer ton grand-père ! À force de petites rébellions, d'anticonformisme de principe, et de véritables folies ! Elle l'a épuisé, jusqu'au bout, jusqu'à ce qu'il n'en puisse plus. Tu sais que j'ai raison, chéri. C'est elle qui l'a tué ! Toujours à vouloir autre chose, à chercher d'autres hommes Et à tomber enceinte d'enfants qu'elle ne veut pas !*

J'entends sa voix qui se brise, le *a* de *pas* qui aurait dû éclater se casse la gueule sur la glotte. Constance fait la tête des enfants qu'on gronde à raison, la colère au bord des larmes, les sourcils plus froncés que froncés et les yeux baissés de honte. Une trace encore d'insolence dans l'électricité qui lie ses poings serrés. Elle crache

À moi, elle ne manquera pas et tous les mots sont secoués de sanglots.

Constance, s'il te plaît, arrête. Sois gentille. Elle est à peine enterrée.

Constance murmure *incinérée elle a été incinérée.*

Arnaud lui prend la main. La colère rougit son teint. Elle est une dragonne, et son ventre se gonfle de feu, bientôt elle va rugir, et elle va tout cramer. Sa lèvre tremble, elle s'étouffe sur les cendres pas encore refroidies.

pouf

Le son est dans ma tête il n'y a pas eu de son mais c'est le bruit que fait le ventre de la dragonne lorsqu'il éclate et *pouf* il éclate.

Il n'y aura pas d'explosion. Ses yeux se lèvent sur moi, ils brillent, c'est la dernière flamme de la dragonne avortée qui s'y reflète. La colère est partie.

Ce n'est pas la paix qui lui survit, mais quelque chose d'une incrédulité ? Je l'ai souvent ressentie. On ne reconnaît pas celle qui a dit les méchancetés. On ne veut pas croire – non, ce n'était pas moi, impossible, je ne peux pas être le monstre qui a hurlé ces horreurs.

Et le silence. Les sons qui subsistent quand, enfin, on se tait. Les coups répétés d'un ouvrier quelque part dehors me bercent. Si j'avais fermé les yeux, je n'aurais pas moins vu les choses et les gens autour de moi.

Constance n'a rien dit qui m'ait blessée. Je sais que ma mère ne me voulait pas, ça n'est pas un secret, elle ne s'est jamais occupée de moi. J'ai été blessée quand je l'ai admis – à l'âge où on comprend que nos parents sont des gens. Aujourd'hui, j'ai moins mal. Les blessures d'enfant ne cicatrisent pas, mais le corps grandit et la blessure ne grandit pas.

Constance n'a rien dit non plus qui m'ait soulagée. Elle n'a rien dit qui m'ait touchée. Et je crois que rien de ce qu'elle pourrait dire ne me toucherait, parce que je sais quel sentiment contrarié provoque chaque saillie. J'entends en même temps que sa rage la douleur qui la cause, en même temps que sa cruauté la jalousie qui l'anime. J'entends l'amour qu'elle a eu pour cette enfant triste, un amour de sœur et de mère. Je comprends la trahison que Constance a subie, lorsque ma mère a construit entre elles un mur avec des idées. On ne crie pas si fort au-dessus d'un cadavre qu'on n'a pas aimé.

Constance envie à ma mère l'enfant qu'elle aurait su aimer, et son pouvoir sur les hommes, sur les femmes aussi. Elle lui envie des choses qu'elle aurait pu avoir, si elle avait voulu. Constance, t'avais qu'à m'aimer, moi, et t'avais qu'à séduire, c'est pas bien compliqué. Tu es jalouse d'une vie que tu aurais pu avoir, si tu l'avais choisie. Faut se méfier des désirs ignorés. Ils reviennent te foutre des claques déguisés en rancœur.

Dans le microclimat de nos sentiments post-mortem, il fait un temps d'après l'orage. Les vitres ne sont pas très propres, mais le soleil brille. J'essaie de capter l'attention de Serge pour commander un autre moelleux au chocolat. En vain.

Ce sont tes yeux surtout. Pendant que je pensais, Abel a commandé un deuxième café, Constance s'est plainte de la chaleur, Abel aussi, et personne n'a plus rien trouvé à dire.

Puis Arnaud a prononcé cette phrase sans préambule, *ce sont tes yeux surtout.* Il a dit ces mots sans regarder personne, il regarde quelque part derrière moi, alors par provocation j'ai envie de lui demander *les yeux de qui* même si ce sont certainement les miens. Par provocation aussi, je ne lui demande rien et je sais que mon indifférence devient ridicule mais je ne sais pas être autrement. Arnaud reprend

Tu lui ressembles énormément, ce sont tes yeux surtout. Tu as les mêmes yeux qu'elle. Cette couleur! Le même jaune. Jamais vu des yeux comme les vôtres. Et il persiste à ne pas me regarder dans les yeux. Il n'a pas vu mes yeux et pensé, fou la couleur ma petite sœur les mêmes, non, il a gardé en lui cette pensée qu'il a pensée avant, et il a choisi un moment de silence pour la réciter en regardant dans le vague. Et moi, je ne dis rien. Je ne comprends pas pourquoi il parle encore d'elle et de moi comme un nous, pourquoi il arrache ses yeux à elle pour les foutre dans mes orbites, et je ne veux pas m'énerver mais j'ai envie de lui envoyer acerbe mon dégoût de ce nous, qu'il arrête d'insister. J'ai pas envie d'entendre ce qu'il a besoin de me dire.

Alors je ne dis rien. Constance, elle, dit

Des yeux maudits!

Arnaud se tait, et Constance lui interdit le silence. *Raconte-lui, Arnaud. Si tu lui racontes pas…* Elle a perdu le ton aigu de l'histoire de l'assiette. Elle lui murmure, toute douce, presque dans l'oreille, comme si elle savait appuyer sur une douleur mais en espérait un soulagement. Une blessure putréfiée dont elle essaie d'extraire l'écharde.

Arnaud ne me regarde toujours pas.

Il s'éclaircit la gorge.

C'est leur père qui disait cela, de leur mère. Il répétait qu'elle était maudite, et elle aussi avait les yeux jaunes. Une après-midi, alors qu'Arnaud rentrait de l'école, son père l'a pris par l'épaule, l'a emmené dans son bureau. Il lui a parlé comme jamais il ne lui avait parlé. Il a dit

Arnaud tu es un grand garçon

(je me rappelle avoir pensé je suis un homme même, je suis un homme Papa)

et c'est à un grand garçon que je dois parler.

Ta mère n'est pas bien. Je pense que tu l'as remarqué et je ne voudrais pas que tu t'inquiètes. Je ne sais pas quand elle ira mieux, et je ne veux pas te mentir, parce que tu es un grand garçon. J'aimerais simplement te dire, te rappeler qu'elle t'aime. Elle s'oublie parfois, mais elle vous aime, ta sœur et toi. Si elle s'énerve, si elle ne t'embrasse plus, si elle ne joue plus avec toi, ce n'est pas à cause de toi. Ce n'est pas à cause d'elle non plus. Ce n'est pas sa faute. Ce n'est la faute de personne. Tu comprends ?

(j'ai murmuré « je ne comprends pas, Papa », qu'il n'a pas entendu, alors j'ai répété distinctement, et j'avais l'impression d'être d'une insolence impardonnable, mais il n'entendait pas, et il a répété « pas sa faute, pas sa faute », puis il s'est tu longtemps, moi j'étais pétrifié et il a dit ensuite sur un ton d'excuse)

Elle est maudite.

Arnaud a raconté dans un souffle, timide, comme muselé par un sentiment que je saisis mal – ça ressemble à la honte.

Et il se reprend. Je vois dans son corps les gestes microscopiques d'un homme qui s'ébroue après un sentiment. Le regard fermé qui se rouvre, l'œil mouillé qui se sèche, la voix faible qui plonge dans les profondeurs. Il est revenu.

Pourquoi maudite ? C'est Abel qui demande.

Oh c'est une façon de parler, c'est plutôt un mal héréditaire qu'une malédiction. Il raconte que la mère de sa mère, *Grand-Maman Françoise*, s'est défenestrée le lendemain de la naissance de leur mère. Leur mère, Charlotte, s'est tuée quelques mois après cette conversation dans le bureau entre Arnaud et son père. *C'est un cycle, Françoise, Charlotte – c'était le prénom de Maman, ta grand-mère –, elles se sont tuées après avoir eu leur fille.*

Et elles avaient toutes les yeux jaunes ! Constance lance cette phrase avec un air de victoire. *Les femmes de cette famille... Nous ne sommes pas superstitieux, mais il faut admettre qu'on ne comprend pas tout. Même les scientifiques ! Il y a des gènes qui aident, certainement, mais ça n'est pas si simple. Enfin, ce sont des choses qui nous dépassent, c'est tout. Les voies de Dieu sont impénétrables.* Solennelle. *Il ne faut pas chercher, c'est comme ça. Il faut accepter.* Elle me fixe en hochant sa tête grise. *Tu comprends, Nuria ?*

Je ne comprends pas. Constance est courbée sur la table du déjeuner, pour s'approcher un peu plus de moi, la manche de son chemisier quasi trempée dans le chocolat fondu sur l'assiette vide qu'Abel a poussée au centre. Elle veut me toucher. De sa main, de ses mots, le mouvement de son bras veut rattraper le mouvement que ses mots ratent. Elle veut que je comprenne. Et sa voix sucrée soudain, et sa tête penchée d'un côté, et cette étrange douceur avec laquelle elle a forcé son mari à me raconter, et son sourire aux coins brisés, je vois qu'elle veut me consoler. Moi je veux bien être consolée, mais je ne sais pas dans quel sens prendre sa révélation pour qu'elle devienne consolation.

Je comprends quoi moi ? Que je descends d'une lignée de suicidées ? Que je suis foutue parce que le marron de mes yeux n'est pas assez foncé ? Merde quoi on peut pas me laisser incinérer ma mère tranquille, être un peu chamboulée, me changer les idées avec un type gentil – je jette un regard en coin à Abel, les petits poils sur son menton je les imagine juste un peu trop rugueux sur mes lèvres et mes joues et mes lèvres aussi –, on veut pas me laisser vivre un petit deuil boiteux, je demande rien à personne, l'histoire d'une femme qui se suicide ça m'apportera rien de bon, rien que d'autres morts d'autres femmes d'autres mères mais merde j'en veux pas, on peut ne pas vouloir de sa fille, moi j'ai le droit de pas vouloir d'une mère.

Retenu l'agacement derrière ma glotte il s'est échappé au bout de mes doigts qui tapotent la table, nerveux. Alors, ma tante, tu veux que je comprenne quoi, hein ? Et je crispe un sourire plat et d'un haussement de sourcils je lui avoue que je ne comprends pas.

Ta mère y croyait, à cette malédiction. Tu comprends ?

Oh ma tante, je sais bien que pour se tuer, il faut se raconter des histoires. Je soupire, sans le vouloir. Elle doit prendre ça pour un oui, pour un encouragement, une porte ouverte, que ce soupir n'était pas.

Je ne lui en veux pas, pour les assiettes. Constance fait une annonce à l'assemblée. Ses sourcils se rapprochent, son buste, sa poitrine enfermée sous son chemisier boutonné se penche vers moi un peu plus, et sa main sur la table s'ouvre vers le ciel, espérant peut-être recueillir ma main à moi, ou peut-être le salut, direct.

Elle me donne à moi son pardon, elle me dit presque *je ne t'en veux pas, pour les assiettes.* Mais son corps la trahit, il implore pour lui le pardon de ma mère. Je lui souris avec les yeux, un sourire fainéant et pas follement sincère. Je suis désolée, ma tante, je ne peux pas te pardonner. Il faut demander pardon aux gens avant qu'ils ne se tuent.

Non, je ne lui en veux pas. Elle baisse les yeux. *Elle croyait en des choses étranges, comme des bouées de sauvetage. Elle préférait les idées aux gens, finalement. Mais elle y croyait vraiment ! À cette malédiction aussi. Tu comprends, Nuria ? Elle avait peur de mourir. Après toi. Elle avait peur de se tuer après t'avoir eue, comme sa mère, comme sa grand-mère. Elle ne pouvait pas t'élever, c'était impossible pour elle.*

Arnaud insiste, *ça n'était pas sa faute.* On l'avait persuadée qu'elle ne me survivrait pas. Arnaud et leur père, c'est eux qui lui ont mis ça dans la tête, sans le vouloir. *Je crois que c'est nous qui l'avons maudite.* Il rentre son regard en lui et voûte ses épaules certainement velues sous sa chemise, sa veste, sa sueur, la chaleur du mois d'août. Évidemment chez Serge il n'y a pas la clim.

Je n'ai jamais aimé voir les gens tristes. C'est très désespérant. Consoler, c'est mentir, et je ne sais pas faire.

Constance caresse le bras de son mari avec tendresse. Elle ne peut pas trouver les mots qui le guériraient. Elle pense au fond de son lit, les soirs où son mari ne lui fait même pas un bisou sur la joue, je n'ai pas les mots qui le guériraient. Elle se sent seule, mais elle ne l'est pas. Elle sera toujours là pour lui.

Abel, vivant, le seul vivant peut-être, demande l'addition. Il a du sang qui coule dans ses veines, lui. Il sent le temps qui passe, il sent la vie qui le quitte seconde après seconde, et de cette sensation, il tire sa force. Moi je ne pense jamais à arrêter les moments quand il est temps. Je reste toujours trop longtemps avec les gens que j'aime, et toujours trop longtemps avec ceux qui m'emmerdent. Quand le moment s'arrête, je suis toujours fanée.

Serge arrive avec une note rédigée à la main. Récapitule *alors c'était deux plats jour*, un mystère de restaurateur qui bouffe les prépositions, *trois cafés deux crème*

Abel alerte *ah non un seul crème.*

Ahhh eh beh oui c'est vrai, désolé, bon alors voilà

ça fait ça. Naturellement Serge tend l'addition à Arnaud, naturellement Arnaud paie.

J'ai passé l'âge de demander à sortir de table, mais un oncle, c'est une figure d'autorité, et dans l'hésitation que j'ai à me lever, je reconnais une soumission accidentelle. Je ne connais pas cet oncle alors je me lève. Mes cuisses nues sous ma robe violette font ventouse en se décollant du skaï dégueulasse de l'assise.

En se quittant, Arnaud me dit qu'il a mon numéro, Maja le lui a donné quand il l'a eue au téléphone, au cas où on se serait ratés ce matin. Il dit qu'il m'appellera, à la rentrée. *On passe l'été à l'île d'Yeu, on est revenus pour le week-end seulement.* Timide, il s'aventure, *tu es la bienvenue quand tu veux.* On est sur le trottoir bouillant, pas un arbre pour faire de l'ombre sur cette simili-place où s'ouvre le Père-Lachaise. On cuit. Je veux partir, dire au revoir en pensant *à jamais*, aller me mettre au frais. Je dis

Au revoir

en pensant *à jamais*, et je me retourne en faisant signe à Abel de me suivre. Je fais deux pas, et je me dis fini enfin et on me saisit le bras.

C'est Arnaud derrière moi.

Elle va me manquer tu sais. On ne se voyait plus vraiment, mais je savais qu'elle était quelque part. Il sourit et je le sens qui reconnaît ses yeux à elle dans mes yeux, il se noie dedans, il voit la petite fille sans bruit, la femme sans raison.

C'est triste mais c'était fini depuis longtemps! Constance jappe à cinq mètres de nous. *Rien de plus ne pouvait se passer entre nous.*

Après le dernier mot, il n'y a plus rien à dire. Ils partent de leur côté. On part du mien. C'est fini. Je lève les yeux au ciel.

humide ma lèvre
goutte longe tempe
rien n'est frais que
le filet insinué par la raie de mes fesses
et le creux de mes omoplates aussi
le petit vent de la course insuffle
deux serpents d'air rejoints
au creux de mes reins qui se balancent,
parce que je cours et mon cul roule
pas après pas, le courant d'air
me refroidit – je ne pense plus à ces abrutis

Abel me suit, j'entends ses pas, il me rattrape et me touche l'épaule, je n'y fais pas attention. Il me glisse *c'est ton téléphone, Nuria.*

Je le sors de ma poche. Un numéro inconnu. Je pose l'écran contre mon oreille, ma joue, il est froid et finit de me sortir de cette torpeur désagréable.

Personne ne parle, dix secondes au moins. Finalement

Nuria ? C'est toi ?

Oui. Qui est-ce ? J'ai le ton sans profondeur des phrases de circonstance. La femme qui connaît mon nom a la voix perçante d'abord et louvoyante ensuite, un serpent de mer, il surgit – se tapit.

On s'est vues je t'ai vue ce matin au Père-Lachaise. J'ai ton porte-monnaie, elle s'éclaircit la voix, *on peut se retrouver dans l'heure qui vient ?*

C'est possible, mais vous

Dans une demi-heure, ça te va ? On peut aller partout en une demi-heure à Paris ! Elle rit. *Je t'envoie l'adresse, alors à tout à l'heure !*

D'accord, mais qui êtes-vous ?

Elle a déjà raccroché.

IV.

J'ai reçu : À cinq heures au Nerval. Demande Salomé. Trouvé un bistrot Le Nerval à Pigalle. Pourquoi a-t-elle mon porte-monnaie ? Il a dû glisser sous ma chaise, dans le crématorium.

On a pris le métro, avec Abel, je ne lui ai pas demandé de venir. Il est venu. Dans le métro, je n'ai rien dit. Je crois qu'Abel n'a rien dit non plus. Je n'écoutais pas.

Je regardais les gens. Sous terre l'air est plus frais, mais chacun monte dans la voiture avec sa chaleur de la rue. Certains avec leurs soupirs d'été, *qu'est-ce qu'il fait chaud aujourd'hui !*, c'est un homme en bermuda qui a envie de discuter avec qui voudra, mais personne ne répond. Sur la 2, il n'y a que des Parisiens qui font la gueule, personne ne l'a prévenu. D'autres viennent avec leur sueur, la même main essuie leur front perlé et empoigne la barre centrale une seconde après. Les doigts dérapent un peu, effleurent un voisin. Il y a les jeunes femmes en habits de bureau, elles s'éventent avec un prospectus, pas envie d'arriver en nage. Celles qui ont du fond de teint se disent *merde ça va couler*. Il y a les enfants. Eux se moquent de tout ça.

Juste sous mon nez, une jeune femme, à peu près mon âge. Je la dépasse d'une tête, vue plongeante sur sa nuque, ses cheveux châtains qui sentent le shampoing exotique, coco ou tiaré, et au-delà, son poignet coincé entre la barre du métro et ses seins. La main est agrippée à son téléphone. Peur de se le faire voler, peur de le laisser tomber ?

Non, simplement peur de perdre le fil de ses mots. Son pouce jusque-là immobile tapote sursaute reste suspendu. Il hésite. Je tire ma nuque et je lis.

Hâte de te retrouver ♥|
du pouce au cœur inventer une artère
Hâte de te retrouver|
se noyer dans l'artère, trop profonde, trop sincère
Hâte|
garder le goût de ses bras

Hâte que tu sois là ♥|
et donner une simple joie
Hâte|
garder le secret
Hâte☺|
envoyer le message

La fille lève les yeux vers la liste des stations. Barbès-Rochechouart clignote, c'est la prochaine. Les portes s'ouvrent. La voiture se remplit, c'est toujours le bordel ici. Je suis encore un peu plus collée à elle. Elle tient serrée contre son corps sa boîte à mots presque doux, elle fixe l'écran, attend qu'on lui réponde. Le bras est si nerveux qu'à chaque sursaut des rails le poignet s'écrase contre les seins, lance une onde qui les traverse, et ils rebondissent et débordent du soutien-gorge bleu clair qui dépasse de son t-shirt décolleté

dentelle ciel peau suintante duvet translucide
éclairé des cœurs ravalés
noir écranique verrouillé sans réponse
rideau

Je pense à la femme que je vais retrouver. Elle m'a convoquée, sans arrogance pourtant, et elle s'est inscrite dans mon existence avec une confiance en elle, quoi, une confiance en tout que j'ai rarement vues.

Les gens comme elle me troublent. Ces gens qui débarquent dans la vie des autres par la grande porte, sans toquer ni hésiter. Dans leurs sommations, la certitude qu'elle leur sera ouverte. Leur violence me hérisse et me plaît. Je les condamne autant que je les jalouse. Ils ont inventé l'aventure.

Je n'ai d'elle qu'une voix. Sa voix, c'est quoi ? Elle est gaieté au début de ses mots, elle fait le bruit d'une goutte d'eau qui rit, et après, sa voix ralentit, se tapit et meurt. Cette femme doit sentir la violette et la myrrhe en même temps, elle doit sentir le sucre et puis le bois brûlant. Je suis sûre qu'elle est belle.

On sort à Pigalle. Dernière marche de la bouche de métro, champ de vision en technicolor. C'est le stand de bonbons. Derrière l'immense tas vert-rose-bleu dépasse à peine la tête de Rudi. Je le connais depuis toujours, je venais souvent dans le quartier, enfant. J'accompagnais Maja qui achetait des tissus chez un Sénégalais de la rue Custine.

Encore maintenant, je viens souvent le voir : le lundi soir, quand je sors de la piscine municipale à deux rues, Rudi me fait un sachet d'œufs au plat, petites bananes et escargots de réglisse. Pas aujourd'hui, il est déjà quatre heures cinquante-huit. J'ai rendez-vous.

Rudi, c'est un grand type, genre rugbyman, le genre au cou aussi épais que le crâne. Il vient de Hongrie, il m'a raconté ça une fois, mais il vit ici depuis qu'il est adolescent. Sa femme s'occupe du stand de bonbons de la place de l'Odéon et le mois dernier, son petit frère a ouvert un stand de churros place de la Bastille. Alors Rudi a rebaptisé leur entreprise CandyMafia. Lundi dernier, quand j'ai remarqué la nouvelle enseigne, je lui ai dit *avec ces prix, t'avais déjà tout du mafioso !* Rudi, ça l'a pas fait rigoler. En même temps, c'était pas si drôle.

Je lui fais coucou de loin, *salut Rudi, ça va ?* Il me répond d'un clin d'œil. Soulagement : il n'est pas fâché, on repart comme avant.

Abel sait où on va, il me dit de le suivre. On traverse le boulevard de Clichy, on est en bas de la rue Lepic, celle qui part du Moulin Rouge et gravit la butte Montmartre. *C'est marrant quand même, qu'il y ait encore tous ces trucs de cul dans le quartier.* Sur l'immeuble qui fait le coin, en caractères gigantesques : SEXODROME. Abel déplace ses yeux de l'enseigne à moi avec un sourire trop grand, genre chien haletant.

T'es un peu couillon, je lui dis gentiment.

Mais c'est un truc de dingo, non ? Les putes, les

dealers, ils se sont tous barrés, mais ils ont laissé leurs néons rouges dégueulasses.

Ils ont oublié d'éteindre la lumière en partant.

Il se tait comme si j'avais dit quelque chose d'intéressant. *Ouais je comprends. Pareil pour moi. Quand j'ai déménagé, j'ai pas eu le courage d'éteindre la lumière en partant.*

Je m'attends à ce qu'il m'explique mais il n'explique pas, et se met à lire à voix haute les enseignes des façades du boulevard. *SEXTOY SEX MACHINE SEX VIDEO.*

sexe rien.
pour d'autres le mot meurt avant d'enjamber la lèvre
le tabou n'ose pas se jeter dans le vide
et sèche bois mort sur le seuil de nos bouches.
pour moi rien.
Abel sonne son écho à mes oreilles
provoquer rigoler qui sait
le mot d'Abel échoue
sexe sexe sexe fond dans mon tympan
sexe rien
peut-être frigide ?

non je ne pense pas
mon ex résumait sobrement nos ébats
et Nuria couina

Je me suis toujours demandé qui allait dans ces endroits-là. J'imagine des types en imper beige, de la même race que les exhibitionnistes du bois de Boulogne, ou des pervers secrets, fraîchement sortis du bureau, la libido qui démange sous le costume ajusté.

On a déjà remonté la moitié de la pente de la rue Lepic.

Je lance comme ça *c'est marrant d'imaginer des gens pousser ces portes – j'ai jamais vu personne ni entrer, ni sortir.*

C'est à droite, là. Une petite rue, on voit la terrasse d'un café à cinq mètres. Il me répond *je crois que les gens font exprès de pas être vus, ça fait partie du game, tu vois. Tu te sens subversif avec ton poppers, ton plug ou ton mini Bunny, mais tu ressors avec un paquet cadeau, une carte de fidélité et un « merci Monsieur j'espère que ça vous plaira ».*

Abel roule des yeux jusqu'au blanc en mimant un petit orgasme. Tout petit, l'orgasme, parce qu'il pousse la porte du café déjà. Ça me fait rire, je dis *t'es con*, pas assez fort pour qu'il entende, noyé dans le brouhaha du Nerval. Le bistrot est plein à craquer, de gens qui font tellement de bruit que j'ai encore un peu plus chaud.

Elle n'est pas là.

Bah comment tu sais ? Tu vois qui c'est finalement ?

Il n'y a aucune femme qui pourrait être celle-là. Dans le café, quinze tables, quatre murs recouverts de miroirs, un bar et personne au comptoir. Les gens parlent, se reflètent les uns dans les autres. Ils ont l'air de s'ennuyer. Personne n'est beau comme elle.

Je m'approche du bar, derrière lequel un serveur barbu écrit le menu du soir sur un tableau noir. Je lui demande si Salomé est là.

Salomé ?

Je hoche la tête.

Tu connais une Salomé toi ? Il s'est tourné vers un collègue qui sort de la cuisine une coupe de glace sur un plateau.

Le collègue tend le plateau au barbu, *apporte ça à la douze*, et nous lance un sourire narquois, *c'est vous pour la Rossa ? Suivez-moi.*

Le serveur nous a ouvert une petite porte derrière le bar, pas celle de la cuisine non, celle d'un labyrinthe obscur, fait de mille couloirs en zigzag. J'ai essayé de mémoriser le trajet au cas où le type se révélerait être un dingue, une fois à droite, deux fois à gauche, merde on va où, encore une fois à droite, pourquoi il allume pas la lumière, encore à gauche, il nous emmène où, droite, un truc illégal ou pervers, c'est le quartier, gauche-droite, merde j'ai perdu le compte, tant pis, faut bien mourir de quelque chose. Le type s'est arrêté devant une porte, l'a ouverte et a appuyé sur l'interrupteur.

Une loge d'artiste. Les robes à sequins pendues au paravent, les tubes de paillettes sur la coiffeuse, les chaussures à talons sur mesure parfaitement alignées : c'est une loge de danseuse. Légère, la danseuse.

Elle est aux costumes, je la préviens. Il referme la porte derrière lui. Faux silence, les ampoules à incandescence qui encerclent le miroir de la coiffeuse grésillent.

Je m'affale dans un fauteuil.

Fais gaffe ! Abel tire le boa en plumes rouges sous mes fesses. Il le lance autour de son cou, et mime l'entrée spectaculaire d'une meneuse de revue – très sensuelle. Il est beau, à faire l'idiot. Et son déhanché convainc. Je soupire et, prise en flag de flamme, je change de sujet.

J'ai cru qu'il nous emmenait à l'abattoir, ils ont pas l'électricité dans ces couloirs merde !

Ha ha ! Il nous aurait fait quoi, étranglés avec un boa ? Et Abel s'avance vers moi enfoncée dans mon fauteuil, le boa brandi devant lui prêt à l'enrouler autour de ma nuque quand

Ciao ciao ! Salomé la Rossa s'exclame en ouvrant dans un coup de vent la porte de la loge.

Bonjour Madame, je me lève d'un bond, *je suis Nuria.*

J'avais raison : c'est une femme belle. Plus que belle. Hors catégorie, que t'aimes les blondes, les brunes, que t'aimes les hommes, les femmes, même plus le sujet. C'est un délire, cette femme.

les regards suivent la femme
on lui prend tout le corps l'âme la pudeur
on la déshabille et elle donne des sourires
un œil qui vrille un menton en suspens
une imagination aux ravis du village
elle donne
        et reçoit quoi ?

On n'a pas été présentées ce matin, c'est la femme que j'ai vue déposer un baiser sur le cercueil, elle était différente, les cheveux retenus en chignon, une voilette très fin de siècle, et ce geste désuet, bizarrement démonstratif, *je suis la fille de*

Mais je sais qui tu es !

Sa voix – elle est cerise et santal, bonbon et ambre oriental.

C'est moi, Salomé ! Elle croit que je sais qui est Salomé, que tout le monde sait qui est Salomé. Je ne sais pas.

Vous étiez une amie de ma mère ?

Une amie… Ça la fait rire. *C'était la femme de ma vie.*

Et Salomé a soudain levé la main, poussé un *oh ton porte-monnaie je reviens*, et disparu.

Abel figé regarde le bout de tapis où Salomé se tenait. La fulgurance nous a quittés, et avec elle a disparu son excitation contagieuse.

Extraordinaire ! Abel factuel. *Elle voulait dire quoi, tu penses ?*

Que ma mère était la femme de sa vie. Je n'aime pas être prise en otage par les manigances des gens, son suspense ne m'aura pas.

Je soupire, presse mes tempes de mes deux poings fermés. Frotte mon visage, et la peau souple et grasse accroche à mes paumes chaudes. Mes doigts s'écartent. Les auriculaires sur les flancs de mon nez, j'ouvre les yeux. J'ai la tête d'une araignée disloquée.

Abel s'assied sur l'accoudoir de mon fauteuil, les mains ballantes entre ses cuisses.

Mes mains décident de l'imiter, réflexe idiot, elles se pendent entre mes jambes. Remords, une main nerveuse remonte, glisse sur mes clavicules, descend sur cet os qui n'a pas de nom entre mes seins, il est plat comme le plat de ma main. Et mon œil cependant ne se décolle pas des mains d'Abel. Je devine le sang qui bat, irrigue ses veines saillantes. Je devine le grain de sa paume, mûr, à frotter ma peau comme une corde douce. J'imagine et mes mains ne se contentent plus d'imaginer, elles se dressent. Elles saisissent le poing d'Abel, le tournent, l'admirent.

Tu fais quoi avec ces mains ? Les ongles sont courts, les articulations proéminentes, la peau autour d'elles est plissée en ronds concentriques. Quelqu'un a lancé sur ses jointures un pavé dans la mare.

Ça dépend. Plein de choses. Je touche plein de choses. La peau, j'aime bien. Coquin.

Et quoi d'autre ?

J'aime bien toucher le bois. Les ronds concentriques n'ont pas été dessinés par un pavé dans la mare éphémère. Ce sont au contraire les cernes d'un chêne bicentenaire. *Le bois, c'est comme de l'eau, tu peux jamais le saisir.*

Il plisse les yeux et la bouche aussi un peu. Il cherche ses mots, il me regarde au fond des yeux, il cherche les mots pour moi.

Ça t'arrive de plonger ta main dans une fontaine ?

Je dis *oui, quand il fait chaud.*

Moi, qu'il fasse chaud ou froid, je plonge ma main, et je ferme le poing et l'eau s'en va.

Et le bois ? Je ne comprends pas pourquoi le bois.

Il y avait une commode dans ma chambre quand j'étais gosse, et je passais mes doigts sur les lignes du bois, pendant des heures.

Je passe mon index sur les veines de sa main.

On se casse le cul à dessiner des fontaines ultra-sophistiquées, genre les dauphins de Versailles, et des meubles en marqueterie à mille tiroirs, et on est fiers. Mais fiers de quoi ?

Je ne sais pas de quoi on est fiers. La fierté même est un sentiment que je ne connais pas. Je ne suis fière de rien, moi. Salomé, elle, est une femme fière.

Fiers d'avoir maîtrisé ce qui se maîtrise pas : voilà, moi, l'homme, je tiens l'eau dans mes tuyaux. Il me fait un sourire, que j'oublie de lui rendre, sonnée comme un gong par les vibrations de Salomé. Cette femme résonne, d'une fréquence magique que je n'ai d'abord pas entendue. Elle émet un champ magnétique qui sonne des basses dans le cœur.

C'est pour ça que je suis ému comme un con devant une belle table basse. Il éclate de rire. *Tu vas me trouver cucul, mais je me dis que l'arbre a vaincu l'ébéniste, puisque je sens encore les cernes sous le vernis.*

Emportées par ses mots, les mains d'Abel se dégagent des miennes, elles battent la mesure de ses phrases.

Au fond, je sais pas qui j'admire le plus, Abel se lève, *l'arbre ou l'ébéniste ?* Il hausse les épaules, me pose la question, mais je n'ai pas de réponse. *L'arbre qui se laisse pas avoir, ou l'ébéniste qui, jour après jour, contraint son bois, pour transformer la matière première en quelque chose de mieux. Et jour après jour, l'ébéniste, il se rate !* Il sourit. *Parce que rien sera jamais plus beau que l'arbre. Il y a un truc touchant, non ? Jour après jour, espérer l'impossible.*

Marrant, ce type. Je lui prends la main, il me parle d'hubris.

Je pouvais pas devenir arbre, alors je suis devenu ébéniste ! Abel a pourtant tout de l'arbre. La stature, le flegme, et une impression de permanence – toujours là, sans qu'on y pense.

Ce n'est pas à Abel que je pense, c'est à elle. La femme de sa vie. Ma mère a été la femme dc la vic d'une autre. Salomé a fait de ma mère la femme. La seule femme.

Sa déclaration, faite pour nous intriguer, me laisse un goût bizarre. Le ton est clair, mais l'œil bas. On ne regarde pas le sol quand on parle de la femme de sa vie.

Je souris absente à Abel. *C'est drôle, j'imaginais pas, je sais pas, que tu*

Je n'imaginais pas qu'il ait des pensées.

Ha ha ! On se connaît pas, Nuria.

Oui, c'est con ce que je dis. Je sais rien de toi. Je ne sais rien d'autre que le goût de ses lèvres et la caresse de ses doigts ivres. Je ne sais rien. Souvenirs flous d'une nuit à peine partagée, ils m'excitent le cœur quand même. Mon imagination m'emmène quelque part dans son caleçon, et ma main rêve de le prendre par la nuque. Ma culotte se mouille.

La loge est devenue trop petite pour lui et moi et mon excitation – sortir d'ici, vite. Je lance, déjà en marche vers la porte

Ça fait un moment qu'elle est partie, non ? Je vais la chercher.

Je sors de la loge, et le couloir est noir. Je longe le mur, pas d'interrupteur, là-bas une porte s'ouvre sur une pièce éclairée.

Je me surprends à accélérer – je ne veux pas que Salomé m'échappe. Intuition qu'elle glisse comme l'eau comme le bois, intuition qu'elle ne s'attrape pas.

Abel aussi se précipite, il me passe devant. L'étalon galope vers elle.

J'atteins la porte éclairée.

C'est un théâtre. Un théâtre secret qui sent la fumée, celle des machines sur la scène et celle des clopes, et la sueur, la somnolence des spectateurs, l'ébullition des acteurs, et toutes ces odeurs que mon imagination veut donner à un théâtre caché. Une trentaine de strapontins en velours bordeaux, une scène convexe, au fond un rideau. Salomé est sur l'estrade. Je m'assieds au deuxième rang. Le premier serait trop près d'elle, sa lumière va m'engloutir.

Elle s'est assise au bord de la scène, les mollets dans le vide. Elle croise et décroise ses chevilles qui pendent, et je vois une enfant qui s'ennuie, sur un banc au fond de la cour. Elle nous attendait, et l'arrivée des spectateurs marque la fin de la récré. Elle se lève.

Sa robe vert d'eau, brodée d'argent, lui donne des airs de fée de forêt – ou de sorcière. Je m'attends presque à ce qu'elle sorte de son soutien-gorge une boule de cristal. Mais non. Elle ne porte pas de soutien-gorge.

Salomé ne parle pas encore, pourtant dans ce lieu, son théâtre, c'est sa parole à elle qui doit ouvrir la danse. Abel s'est installé au fond, presque au dernier rang, je le distingue à peine dans l'obscurité, rien que ses yeux, deux billes de lézard pris dans les phares. Ça ne m'étonne pas franchement, bien le genre de type à se mettre au dernier rang.

Salomé, ça te dit rien ? Elle t'a jamais parlé de moi ?

Non, désolée. Mais elle m'a jamais parlé de personne.

Elle marche vers le rideau au fond de la scène, un peu trop lentement pour y voir une intention.

Vous avez mon porte-monnaie ?

Elle se retourne en glissant sur ses talons. *Il est dans mon sac quelque part.* Elle fait un geste vague vers le fond de la salle. Son sac doit être là-bas. Elle n'y va pas.

Nuria, joli prénom. Espagnol, non ?

J'aurais répondu mais elle m'interrompt en faisant glisser la pointe de son pied autour d'elle, compas à taille humaine. Sa robe fluide jaillit de son tibia. Sous les fines bretelles, ses épaules ont les muscles des écorchés. On distingue tout : clavicule biceps deltoïde triceps.

Salomé se redresse, *et d'où tu viens ? Je veux dire, elle est allée te chercher où ?* En parlant, elle sort ses pieds de ses ballerines. Pieds nus, elle s'assied en tailleur au centre de la scène et attend : cette fois elle veut une réponse, je rembobine la question, mais non je n'écoutais pas je la buvais des yeux, *pardon ?*

Elle t'a adoptée dans quel pays ?

J'aurais aimé dire, fort et droit : et mes yeux tu les as pas vus mes yeux ? Ça m'est monté à la gorge tout seul, et ça s'est coincé là, je ne sais pas pourquoi, et je n'ai rien dit. J'éructe un mi-raclement mi-rire qui s'étouffe.

C'est la première fois que j'ai la tentation de me réclamer d'elle depuis l'adolescence. Quand je pensais encore à elle comme à Maman – sans oser l'appeler Maman. Quand je n'y croyais pas, à son absence. Quand je pensais qu'une mère, c'était ça : un fantôme de plein jour, apparu sans raison, disparu pour toujours – jusqu'à la prochaine fois.

Elle m'a adoptée nulle part. Je suis sortie d'elle.

Ah ! J'aurais pas pensé   faire un enfant avec un Noir. Il y a des trous dans ses phrases.

Sa franchise est agréable.

Oh c'est à peu près pareil qu'avec un Blanc. Plus agréable même ! C'est ce que disent les gens. Je lui réponds avec ma franchise à moi, teintée d'un humour douteux.

À d'autres j'en voudrais. J'ai peu d'indulgence envers ceux qui ne font pas l'effort de voir le monde comme il devient, et non comme il était – les Blancs ne couchent pas tous avec des Blancs. Ces gens qui

« sans réfléchir » réfléchissent pourtant : si on ne se ressemble pas, parce qu'elle est blanche et pas moi, on ne peut pas être l'une à l'autre, pas par le sang. Mais Salomé, je ne peux pas lui en vouloir. Je me sens une parenté idiote avec cette inconnue. Ma mère a longtemps été la femme de ma vie aussi – pas en amour, mais en obsession.

Je dis pas ça contre ton papa sans doute quelqu'un de bien, elle étire ses bras au-dessus de sa tête, entrelace ses doigts, *oui elle a toujours eu bon goût*, elle tend ses bras vers le ciel et ses poignets se retournent, *même toute jeune*, ses doigts désarticulés craquent, et elle détache ses mains, *timide peur de tout*, de ses bras maigres elle bat des ailes, *oiseau tombé du nid*, et elle sourit, tendre. Elle marmonne *peur de tout et puis elle vient d'un monde où les gens sont pas noirs c'est tout*. Elle se redresse si vite que sa tignasse vole et tombe sur sa longue nuque.

Elle s'avance vers moi, du pas des danseuses, du bout du pied.

Même de près, Salomé ne forme pas une image. Elle donne une impression. Un astéroïde trop brillant dont je dois rapiécer les éclats. Il faut recomposer le corps, osseux, les reflets des cheveux, les rides aux endroits qui rassurent – celles des sourires au coin des yeux, celles des rires en travers des joues –, le visage rond, petit nez, lèvres roses, mais

ses yeux ?
deux grands trous qui ne veulent rien dire
la bouche sourit le front s'inquiète le menton frétille
tout sauf les yeux signifie
eux coulent et se taisent
comme l'eau le bois
les premiers mots entre deux inconnus
bleu-vert non – une couleur encore innommée
attend qu'un savant fou la baptise en latin
moi pas savante pas folle
d'un coup de langue
je peins ses yeux couleur hiatus

Salomé me demande *tu peins ?* Je secoue la tête. *Ça lui aurait plu que tu peignes comme elle.* Je n'ai jamais vu les toiles de ma mère de près. Adolescente, j'ai pris des cours de dessin, pour faire comme elle, et j'ai arrêté, pour ne surtout pas faire comme elle. Quand même ses yeux dans les miens, je n'ai plus voulu les voir.

Tu danses ?

Pas vraiment, je   Hier soir je dansais, j'ai dansé toute la nuit, avec Abel et sans lui, oui c'était de la danse mais sans doute pas celle dont elle parle, *non, rien, non je danse pas.*

Ta mère dansait, tu savais ça ? Je lui ai appris. On était jeunes. Elle fait semblant d'attraper la main d'un être invisible, attire à elle le corps imaginé qu'elle fait danser, et serre contre sa poitrine son propre poing, fermé sur les doigts de quelqu'un que je ne vois pas.

L'autre bras entoure ce corps, enlace un vide devant son torse. Salomé a fermé les yeux. Elle oscille des hanches, sur un air silencieux et lent. Elle penche la tête, la pose contre l'épaule de sa partenaire fantôme. Je le vois, cet être, maintenant. Ce n'est pas une invention. C'est un souvenir, le souvenir de deux corps qui ont dansé comme ça.

Au ralenti, Salomé monte en demi-pointes, et ses bras s'ouvrent, et ses yeux s'ouvrent et elle se fige. Saisie au vol d'un corps-à-corps ancien, elle se laisse rattraper par ses sentiments d'alors. Sur son visage passe un air de nostalgie.

Elle se rabat sur les mots puisque son corps a échoué à nous montrer.

Elle avait un corps elle le bougeait comme un enfant, par le ventre comme Bouddha. Parce qu'ils se projettent pas les enfants ils restent dans leur corps. Les adultes souvent c'est par la tête qu'ils bougent. Le point central ça s'appelle. Moi le mien c'est le coude gauche.

Elle tâte son coude de sa main, elle pourrait être en train de le regarder pour la première fois, un bébé qui découvre ses orteils. Je ne sais pas comment mon corps bouge. Par la tête, je ne crois pas. Salomé lève les yeux vers moi, sans détour. Par réflexe je me soustrais à elle, je me retourne vers Abel.

Il croise mon regard et dit plus fort que nécessaire – la salle n'est pas si grande.

Vous vous connaissiez depuis longtemps ?

Oh oui ! Elle habitait Versailles, encore chez son frère.

Vous connaissez Arnaud alors ?

Elle hoche la tête une deux trois quatre fois, elle dodeline et elle fait rouler ses yeux sur un côté et son sourcil gauche remonte amusé.

Et elle dit de la voix des sourires

Il nous offrait tout tout tout tout très généreux plein de cadeaux toujours. De toute façon les hommes ça sert à ça! Et elle part d'un grand rire.

Salomé saute à pieds joints de la scène à l'orchestre, et elle glisse jusqu'au fond là-bas dans le noir, vers Abel. Elle le frôle et les jambes d'Abel qui s'alanguissent dans l'allée centrale auraient pu lui faire un croche-patte, mais c'est une femme qui ne se prend pas les pieds, ni dans le tapis, ni dans quoi que ce soit, et certainement pas dans les jambes d'un homme.

Salomé ouvre une porte tout au fond, c'est la régie. Je la vois, derrière la vitre, farfouiller dans un tiroir. Elle en ressort avec un immense sac à main, cherche avec peine quelque chose au fond, le bras englouti. Elle finit par extirper une petite boîte en argent, un éclat de lumière s'y frappe. Elle pose le sac, enclenche quelque chose quelque part, un projecteur s'éveille. Un tunnel de lumière ultra-blanche baigne l'allée centrale, de la régie à la scène. C'est aveuglant. Salomé sort de la régie, passe le seuil du tunnel et entre dans la lumière.

Son ombre chinoise l'a transformée en nymphe, elle est la muse d'un symboliste qui voudrait peindre l'eau elle-même. Mon souffle se suspend, la regarder et respirer à la fois, c'est trop, et je ne peux pas détacher mes yeux d'elle.

Elle fait trois pas, s'arrête à la hauteur d'Abel, ouvre la petite boîte en argent. C'est un étui à cigarettes, elle fait glisser une Vogue entre ses doigts, se penche, approche la cigarette de la bouche d'Abel, et Abel presque tend ses lèvres pour la sucer mais se reprend juste à temps. Il bafouille quelque chose qui doit vouloir dire non, parce qu'elle porte la cigarette à ses propres lèvres.

T'as du feu ?

Abel précipité fourrage dans ses poches et sort un briquet. Il roule la molette, approche la flamme, embrase la cigarette entre les lèvres de Salomé. Elle inhale et exhale et la fumée sort de sa bouche, douce, pas crachée, la bouffée sort respirée, nuage. Elle fume comme on fait des baisers.

Salomé s'assied sur l'accoudoir du fauteuil

d'Abel. Leurs genoux se frôlent. Je me redresse pour mieux les voir. Salomé tire sur sa cigarette. La bretelle de sa robe glisse de son épaule, elle la remonte, se masse un instant la nuque. Elle tend la main, lentement, et touche les cheveux d'Abel du bout des doigts. Elle replace une de ses boucles, et lui demande à voix basse

Tu l'aimes ? Nuria, tu l'aimes ? Combien tu l'aimes ? Le silence d'Abel la fait rire. *Pas une question-piège.* Elle pose sa main sur la cuisse d'Abel, l'air de rien. Abel est plaqué contre le dossier, les yeux droits devant lui. Salomé tapote la cuisse d'Abel. Sa main est lente, douce. Elle caresse. Abel immobile, le visage crispé, se tait. *Boh je voulais pas te faire peur t'es pas très joueur comme mec.* Salomé se retourne vers moi. *Ta mère très joueuse !*

Abel, délivré de l'attention de Salomé qui le tétanisait, s'écarte. La main de Salomé tombe de sa cuisse. J'ai un sentiment étrange à les regarder, peut-être une jalousie mal placée, ou pire. Je n'ai jamais vu une femme de son âge draguer un type de son âge. Je la trouve impudente, et la témérité m'excite. C'est de la jalousie, mais je suis jalouse d'elle ou de lui ?

Tout à l'heure, Abel s'éclaircit la gorge, *tu as dit que c'était la femme de ta vie.*

Ah tu me tutoies ! Alors je te fais pas si peur. Salomé sourit. Elle croise les jambes et sa cheville effleure le mollet d'Abel.

Combien tu l'as aimée ? Abel la prend à son propre jeu.

Salomé tire un collier dont le pendentif disparaît entre ses seins, le brandit, *tu vois ce coquillage ? Elle l'a trouvé sur la plage et elle me l'a donné, pendant notre première nuit ensemble. Il y a trente et un ans.*

Abel marmonne un truc. Salomé le fait répéter.

C'est pas parce que tu gardes un souvenir que c'était la femme de ta vie. Se souvenir, c'est pas aimer.

Le corps de Salomé, toujours en mouvement, se pétrifie. Elle se lève, toise Abel, les pieds plantés dans le sol. Elle jette son mégot par terre. Elle n'a plus rien de la danseuse gracile qui minaude en tirant sur sa Vogue.

T'es qui pour dire qui j'ai aimé ?

Abel ne réagit pas, se baisse pour trouver le mégot encore allumé. Salomé le prend par l'épaule pour le forcer à la regarder, il lui résiste, persiste à chercher le mégot, elle ne le lâche pas, et il grogne, finit par trouver la clope, l'écrase de son talon. Salomé saisit le menton d'Abel, une décharge électrique le traverse, il écarte sèchement la main sur son visage et se lève soudain. Ils sont face à face, à distance d'haleine. Je n'ose pas intervenir. Abel finit par dire, d'une voix grave mais pas menaçante

Tu me touches pas, OK ?

Ce type sait ce qu'il veut. Il se laisse toucher mais pas malmener. À son ton calme, pas embarrassé, je sais qu'il a suspendu leur pas de deux au moment exact où ça ne l'a plus amusé. Pas besoin de s'énerver quand on ne se laisse jamais emmener là où on ne veut pas aller.

Salomé soupire, ne lui répond pas, elle avance vers moi. *Ta mère, c'était une joueuse. Moi je jouais pas avec elle. Je joue jamais avec les femmes.*

Elle marche dans la lumière jusqu'à la scène, et s'y adosse.

Avec les hommes, je fais mon petit numéro, elle donne un coup de tête vers Abel, *avec les femmes jamais.*

Abel lui lance *ça veut dire quoi « la femme de ta vie » ? Vous avez été ensemble ?* Il a l'air sincèrement curieux.

Je savais qu'on pourrait pas « être ensemble », elle venait d'un monde où c'est pas possible, moi je venais de nulle part, si je voulais exister, c'était pas possible.

Salomé se calme, respire quelques secondes. Elle finit par lâcher comme un aveu

Alors je l'ai quittée. Pourtant, c'est moi qui lui en ai voulu. Sans elle, j'aurais jamais su qu'on pouvait aimer comme ça. Ç'aurait été plus facile après.

Abel déclare comme un reproche *On quitte pas les gens qu'on aime.*

Salomé rit jaune. *On n'aime que les gens qu'on choisit.* Elle ne lâche pas un regard à Abel, elle refuse de lui accorder même ça.

Je ne sais pas pourquoi Abel demande des comptes à Salomé. Une rupture mal digérée, une ex lui aurait brisé le cœur avec un « c'est pas toi, c'est moi », un « je t'aime bien mais je t'aime plus » ? Il pose des questions que je ne me suis jamais posées.

Salomé a l'air émue, et je commence à la croire. Elle a été folle amoureuse de ma mère. Son coquillage au bout du cou doit la torturer, je ne comprends pas pourquoi elle se l'impose. Je lui demande à voix basse *qu'est-ce qui s'est passé ?*

Je pouvais pas être lesbienne. Elle dit « lesbienne » comme un gros mot. *Elle disait qu'on pouvait être discrètes mais je pouvais pas, fallait que je trouve,* elle s'interrompt, *je l'ai quittée pour un homme que j'aimais même pas.* Salomé fige un sourire sur ses lèvres, je les vois trembler, le sourire disparaître, elle me regarde un instant, ses épaules maigres se soulèvent, ses cheveux de feu tressaillent – un haut-le-cœur qu'elle veut cacher.

Je voulais une place. Les lesbiennes et les célibataires, elles ont pas de place.

Silence. C'est dingue la violence qu'abrite un corps de femme si gracieux.

Salomé se reprend. *Le monde a changé, il paraît. Vous vous rendez pas compte de votre chance.*

Je crois qu'il est plus simple d'aimer une femme aujourd'hui. Je ne crois pas qu'il soit plus simple d'aimer être seule.

Salomé sort une nouvelle cigarette. Abel se lève, il a à la main une des siennes. Il nous rejoint près de la scène. Il lui tend le feu. Chacun allume sa propre cigarette.

J'ai toujours su ce que je voulais. Ta mère je lui ai appris ça, à danser à séduire à vouloir et à avoir. Tout appris.

Sa voix n'est plus bonbon cerise elle n'est que santal oud huile épaisse enivrante, *c'était une petite fille c'est devenu une femme,* elle ferme les yeux se redresse, *c'est moi je lui ai montré comment se maquiller comment plaire,* elle tend le bras, écarte ses longs doigts pleins de bagues à pierres irisées, *tout moi tu sais son rouge à lèvres toujours la même couleur toujours c'est moi qui lui ai offert le premier tube et elle a compris faut se battre parce qu'on nous donne rien ils veulent tous quelque chose tous la même chose.*

Sa voix s'adoucit, elle croise ses bras sous sa minuscule poitrine. Elle sort par à-coups des morceaux de phrases, mais ce ne sont pas des mutilations de gens qui doutent, non au contraire ce sont des mutilations de femme si sûre du mot suivant, si sûre que l'autre sait, parce qu'elle ne dit que la vérité, si sûre, que le mot se fane avant d'être prononcé, *ils pensent qu'avec leur bite, ils prennent ce qu'ils veulent alors moi pareil   je voulais la préparer, qu'elle se fasse pas avoir ma chatte   on a pas ce qu'on mérite dans ce monde on a ce qu'on arrache   tous les mêmes   je dis pas, y en a des gentils mais même ceux-là   ton oncle c'est un gentil je sais pas pourquoi il a épousé cette vieille bique.*

Elle s'assied au premier rang, juste devant moi, et se contorsionne pour me faire face, d'une main elle fume, l'autre agrippe le dossier du fauteuil sous mon nez. *T'attache pas trop aux garçons qui passent, Nuria,* elle lance un coup d'œil à Abel, *concentre-toi sur ce que tu veux toi. Tu veux quoi toi ?*

Je veux quoi moi ?

L'impression qu'on m'a appelée au tableau, je sais même pas de quoi on parle. Je ne me bats contre rien ni personne moi. Alors je dis *je sais pas* elle fait *hm ?* Elle est près de moi mais j'ai parlé si bas qu'elle n'a pas entendu, je répète *je sais pas ce que je veux* et je souris un peu mais j'ai le cœur qui ne sourit pas.

Il faut que tu trouves, Nuria. Si tu veux rien, personne le voudra pour toi. Le sujet pour elle doit être clos parce qu'elle se retourne déjà, se lève du fauteuil qui tout seul se rabat comme font les fauteuils de théâtre, et elle remonte sur la scène. Elle nous regarde l'un puis l'autre, et elle dit

Jeune elle était comme toi éteinte mélancolique même jamais su pourquoi. Toi pourquoi t'es comme ça ? Elle me regarde avec une gentille curiosité qui me scie, *tu me diras c'est peut-être juste parce que ta mère vient de crever !*

Si je lui répondais, je lui dirais que non c'est pas ça, mon état n'est pas de circonstances, Maja dès qu'elle s'énerve me reproche *mais comment peut-on être si passive*, et elle lève les yeux au ciel, soupire et passe à autre chose.

Salomé est convaincue par la réponse qu'elle s'est donnée toute seule, elle continue

Elle avait des phases moi je les appelais ses jours de chiale. Arnaud aussi il remarquait. Il disait qu'on était lunatiques toutes les deux mais chacune dans son

genre alors il nous appelait « mes lunes », la rouge et la blanche t'imagines qui était qui !

En parlant des lunes, elle a saisi le petit coquillage pendu à son cou, celui qu'elle montrait à Abel tout à l'heure. Je lui demande si je peux voir. Elle s'approche, me montre, c'est un minuscule bivalve, elle le tourne d'un côté, de l'autre. Une face orange, une face nacrée.

Où est-ce qu'elle l'a trouvé, ce coquillage ?

Sur la Côte d'Azur !

Ce souvenir la rend gaie. Sa légèreté, par instants inquiétante, devient pure joie. Inquiétante comme lorsqu'elle proclamait les yeux plantés dans le sol que ma mère était la femme de sa vie.

On est partis à l'aventure tous les trois ! Ta mère, ton oncle, et moi. Ses yeux transparents s'animent. C'est un souvenir heureux, et elle raconte sans quitter son sourire.

C'était il y a longtemps, Salomé était une jeune femme, ma mère une jeune fille.

Salomé vivait avec un type dans un appartement déglingué, la sonnette marchait pas. Un matin du mois de mai, quelqu'un a toqué fort à la porte, *Arnaud il m'a réveillée j'étais pas contente ah non*, et il lui a dit *fais tes bagages on part à l'aventure*.

Au début je voulais pas, je croyais qu'il était tout seul pas partir sans elle, mais Arnaud lui a expliqué que sa sœur attendait dans la décapotable garée en double file en bas, et il pleuvait des trombes et la capote voulait plus se refermer alors on se presse on se presse. *J'ai juste demandé si sa grosse serait là, il a dit non, et il m'a dit qu'il nous emmenait à la mer puis moi j'allais pas souvent à la mer, je viens d'Alsace mon père il avait pas beaucoup de vacances à l'usine pas un truc de tous les jours la mer.*

C'était un vieux rêve que Salomé avait eu, partir sans savoir où, sans savoir pour combien de temps, *parce que si tu sais pas quand tu rentres c'est forcément l'aventure,* elle avait lancé l'idée un soir où ils buvaient des coups tous les trois, et un jour, au mois de mai, Arnaud avait débarqué.

Ils sont partis tous les trois, dans la décapotable sans capote. Ils sont descendus vers Marseille, ils sont allés jusqu'à la mer et ont roulé vers l'Italie. Ils ont cherché longtemps le long de la côte avant de trouver à louer la maison rêvée, trop grande mais isolée, un peu solennelle, blanche dehors et dedans. Sans meubles. Presque sans meubles, rien d'autre que des carcasses de lits en fer forgé, à barreaux, peints en blanc aussi, et des matelas épais comme des paillasses. Le jardin était sans pelouse, c'est un pays où il fait trop chaud pour que la nature soit verte, et il était sans fin aussi, toujours la terre, des restes de gravier qui traînent encore pour faire joli, toujours les arbres pointus, toujours le ciel bleu et toujours, en fond de chaque plan, la mer.

Sais même plus ce qu'on faisait toute la journée! Elle lance des mots qui sont les mots de toutes les vacances de tous les gens. Piscine chaud soleil l'eau salée bronzer cuisine sieste on dormait bien.

Salomé rit, et je la vois qui nous oublie, elle se parle en dedans, avec les yeux qui voient le dehors mais ne le regardent pas. Elle nous raconte que ma mère lui a appris à nager ce printemps-là, *grenouille tour Eiffel et on referme,* et qu'elle se moquait «*pour une danseuse t'es pas très douée*».

Elle était belle ta mère belle pas vraiment ça vivante. Ça a suffi pour que je tombe amoureuse

Elle a un sourire attrape-cœur, qui vit dans les lèvres et meurt dans les yeux. Une minute passe ou moins sans doute, le silence a le temps plus lourd. Salomé a perdu l'enthousiasme qu'elle avait en parlant de la maison, la piscine, les vacances. J'ai envie qu'elle me raconte, et je la regarde comme les enfants regardent celui qui lit le livre à voix haute.

Elle me voit, et elle hésite. Elle n'a plus envie de raconter.

Moi j'aime pas la nostalgie. Vous verrez ça fait bizarre de vieillir de se souvenir de se dire j'ai vécu.

C'est difficile de se dire je suis une femme qui a vécu et se rappeler aussi je suis une femme qui vit.

Je n'ai jamais ressenti ça. Je n'ai pas assez de souvenirs pour oublier que je suis encore en train d'en créer. Celle que j'ai été et celle que je suis cohabitent sans se marcher dessus. Moi, j'ai pas peur que mon passé me bouffe, j'ai l'impression de n'avoir rien vécu. L'impression de n'être qu'en devenir. Terrifiant, qu'un jour la balance puisse s'inverser. Un passé plus lourd que l'avenir.

Salomé reprend, je vois qu'elle se force un peu, pour me faire plaisir.

Pas facile de l'aimer ta mère   René il dit les « brefs instants de lumière » – c'est mon mari c'est le proprio du Nerval – les moments où t'es heureux c'est tout. Un poète mon René même s'il a pas l'air !

Sa nostalgie a disparu quand elle me dit, pleine de gaieté

Ta mère un bref instant de lumière à elle toute seule !

Elle sourit à dents découvertes, avec ses dents de rousse, des dents qui tirent vers le jaune, par contraste, parce que sa peau blanche rayonne trop fort autour. C'est attendrissant chez elle, des dents un peu jaunes.

Mais après elle est devenue triste et il y a eu le dernier jour de l'aventure.

Elle se tait. J'aperçois par intermittence son autre regard, il s'échappe et se perd loin, au-delà des spectateurs. Ça fait quoi de s'attendre toujours à être regardée ? Devenue le personnage qu'elle joue ? Non, pas tout à fait. À cet instant, l'eau tarie de ses yeux morts la trahit.

Sais pas si te raconter

Dans la vraie vie, je préfère les gens que je peux cerner, mais elle, c'est sa poudre aux yeux qui me la fait aimer. Un masque porté par nécessité, parce que dans son monde il faut plaire, captiver et faire jouir. Mais ce masque n'est pas un méchant mensonge, à peine un déguisement. Il dissimule son autre regard, plus près du cœur, mais ni plus ni moins vrai : la vérité de Salomé, c'est celle de son ambiguïté, entre performance et confession. Elle tient en haleine parce qu'elle refuse de choisir l'une ou l'autre, et se moque de mes supplications de spectatrice, qui préfère les aveux aux simagrées.

Salomé est celle qui glisse, comme l'eau, le bois peut-être, elle glisse et ne se saisit pas. C'est un cadeau qu'elle nous fait quand elle se met à danser avec un fantôme, quand elle caresse d'une cigarette les lèvres d'un jeune inconnu, ou d'une maladresse mon instable sentiment de filiation. Lorsqu'à l'instant, elle murmure l'œil terne *je sais pas si je devrais te raconter*, je pourrais croire à une manigance. Je ne crois pas qu'elle en soit capable, elle ne fait pas exprès. C'est une femme-spectacle, de celles que leur spectacle a dépassées. Elle ment toujours et plus jamais.

Salomé m'a fait le cadeau d'une histoire gaie. Un souvenir heureux, qui a surgi sans effort dans son esprit – je connais ces souvenirs-là. Ils sont gravés dans nos mémoires par un double tranchant. On se souvient des bons moments en images, des idées générales, un sentiment diffus de joie, mais seuls les mauvais moments gardent la précision des paroles dites, des gestes donnés. Je veux connaître les mauvais moments de l'histoire, alors je murmure *racontez-moi,* et elle reprend.

L'après-midi, ils allaient tous les trois chercher entre les pins un coin d'ombre où faire la sieste. Là, sur un tissu étendu dans un grand mouvement venteux, ils s'allongeaient, la tête de la première sur le ventre du deuxième, les mollets de l'une sur les cuisses de la dernière. Ils s'endormaient comme ça.

Salomé dit *tout a capoté bam d'un coup*, et elle lève les sourcils et écarquille les yeux comme encore sous le choc.

À la fin de la septième sieste, chacun s'est retrouvé seul dans un coin, malgré leurs précautions à s'entrelacer. Salomé se réveille allongée sur le ventre, les paupières s'ouvrent mal contre le coton de leur natte. Elle ne voit pas Arnaud, derrière elle, rien que ma mère endormie juste là.

Salomé devant nous les yeux dans le vague murmure *ma petite* avec un fond de tendresse et une inflexion

de peur

d'enfant

le monstre sous le lit

j'invente ? peut-être la voix d'Arnaud coincée dans mon esprit

résonne encore d'un mot : la petite est *maudite*

La petite dort encore et Salomé à bout de mots nous dit son corps *fascinant son corps si jeune si doux   la peau la plus douce   et plus vieille pareil son corps je l'ai aimé tellement.* Salomé nous a oubliés, son regard s'en est allé au-dedans des pupilles.

Sur la natte de sieste, son corps repose là à portée de toucher. Salomé tend le bras, caresse son épaule, pour la ramener à elle, qu'elles soient toutes les deux toutes seules, avant que l'autre ne se réveille. *Je me souviens   son grain de beauté. Je me souviens de ma main   sous le soleil et les cigales le grain de beauté sur l'épaule, puis elle se réveille pas.* Elle ne se réveille pas alors Salomé passe et repasse mécaniquement son index sur la minuscule bosse brune *et le bras au soleil, son duvet tout clair je me souviens.* Salomé caresse le duvet haloesque et la montagne magique qui a poussé dessus. Elle chuchote *ma chatte, ma petite chatte.* La petite chatte ne répond pas. Salomé a secoué l'épaule. La petite ne bouge pas. Elle s'approche de son oreille, elle dit *réveille-toi*, la petite ne bouge pas. Salomé crie *allez réveille-toi, je rigole pas, allez*. Elle va voir le grand frère, *viens voir, je sais pas ce qu'elle a, viens ici*, Arnaud réveillé par les cris se lève, il se penche sur sa sœur, *ne t'inquiète pas, elle respire*. Alors il la secoue. Il la gifle. Elle ne bouge pas.

Salomé a un petit rire nerveux. *Maintenant que je raconte   pas dramatique mais je me souviens je chialais, sans faire de bruit   paniquée ! Puis j'étais folle   d'elle.*

Salomé mime un frisson, fait *brrr* de ses lèvres vibrantes.

Arnaud a pris le corps de sa sœur. Une poupée de chiffon. *Je tenais sa main elle pendait comme ça, elle sautait à chacun de ses pas.*

Salomé sourit encore du sourire des tristes, elle s'en souvient *comme si c'était ce matin.*

Ils ont marché sans mot jusqu'à la maison. Le corps était un peu trop grand, un peu trop lourd pour Arnaud, et il faisait un peu trop jour pour marcher sans bruit, une procession funèbre ça ne se fait pas sous le cagnard les cigales les aiguilles qui craquent sous les pas. Salomé a demandé *Mais qu'est-ce qu'elle a ?* entre deux coups de larmes.

Et le petit corps mort a dit

Je fais la morte !

et a éclaté de rire.

Arnaud a explosé, il a hurlé et l'a laissée tomber comme un paquet par terre. Dans la poussière, elle a ri encore. Elle éclatait encore de rire, d'un rire de théâtre, on dit tonitruant, mais au fond qu'est-ce que ça veut dire tonitruant, le rire et le tonnerre, rien à voir, c'était juste un très très gros rire. Et elle a souri, et sa tristesse des jours derniers s'en est allée. Elle a gardé ce même sourire jusqu'à leur départ, précipité parce que Arnaud a dit *Je ne te supporte plus, on rentre demain matin*.

Ce soir-là, le dernier soir, personne ne parlait. Arnaud est allé se coucher silencieux. Et la chatte est venue comme les soirs d'avant se coucher dans le lit de Salomé. Le dernier soir, elles ont dormi *ensemble et plus côte à côte* comme elles l'avaient fait les soirs d'avant.

Toute la nuit cent fois tendre la main tâter le bras soupirer joie tenir le cou engourdir la cuisse sous sa cuisse à elle se coller pour rien et joie encore. *Ensemble*.

Je ne sais pas être ensemble comme ça. Je n'ai jamais passé une nuit comme ça.

Puis on s'est réveillées elle m'a dit je suis pas sûre de l'aimer. Arnaud elle voulait dire je crois. Puis elle a dit toi non plus là elle parlait de moi. Et chacune s'est habillée.

Ils sont rentrés à Paris tous les trois. Elles ont fait l'amour tout l'été. Il faisait trop chaud, *Mais être deux c'est une bonne raison d'avoir chaud, non ?* Elle nous regarde l'un après l'autre encore, remarque comme nous sommes loin l'un de l'autre, chacun de son côté de l'allée illuminée. Elle s'en étonne.

Ta mère j'ai jamais compris. Mais comprendre les gens je sais pas si c'est   je sais pas si on aurait envie   si ?   Elle faisait pas exprès, pas méchante. C'était pas un monstre   ou alors un monstre par hasard.

Salomé fume encore sa maigre cigarette, bientôt le filtre. J'aurais envie moi aussi de fumer, parce que fumer encombre le silence, lui donne une raison d'exister. Je n'ai jamais su comment briser les silences.

Abel sait.

Pourquoi vous lui racontez ça ? Il n'a pas le ton de Salomé, qui ne sait pas demander pourquoi autrement que sincèrement, c'est un faux pourquoi qu'il envoie, c'est un pourquoi-reproche. Moi je sais pourquoi elle raconte ça. Elle s'est tant appliquée à incarner le personnage qu'elle a créé qu'elle ne sait plus mentir, même par omission. Salomé le regarde et prend le pourquoi pour le seul qu'elle connaisse, le vrai pourquoi. Elle paraît retourner la question dans sa tête, et non, elle n'a pas de réponse.

C'est juste elle voulait vivre très fort tout le temps

mais c'est pas possible ma petite chatte ça la rendait triste ça puis quand elle voulait plus être triste elle faisait ça s'inventait une vie très fort

moi je voulais juste qu'elle s'en sorte qu'elle soit pas coincée dans le monde de son frère parce qu'ils étaient peut-être nés pareils mais elle elle c'était pas la même espèce

moi je voulais juste qu'elle vive ses rêves qu'elle ait des rêves une vie sans rêves c'est quoi c'est rien puis quelquefois je me demande peut-être qu'elle était pas faite pour ça les rêves je veux dire je lui ai montré comment se battre pour ce qu'elle voulait mais peut-être qu'elle était pas faite pour vouloir pour se battre je voulais qu'elle se batte mais pas pour ça moi je savais pas qu'elle aurait des rêves de bourge faire l'artiste jamais ça aurait pu la rendre heureuse ma chatte.

Mais vous êtes pas danseuse ? Abel toujours.

Pas pareil. Pas artiste juste danseuse. Ça m'a donné ce que je voulais qui je voulais. Mon troisième mari, René, lui aussi il dit que je suis artiste mais non. Moi mes rêves je les ai eus parce qu'on m'a regardée   j'ai pas eu le choix. Leur regard on n'y échappe pas, alors je m'en suis servi !

Je pense à Félix, au premier regard qu'il a posé sur ma mère. Par un tour de l'esprit qui me surprend, je veux savoir quelque chose d'elle. Presque l'impulsion de lever la main.

Salomé, vous savez pourquoi elle s'est suicidée ?

Elle se glisse jusqu'au fauteuil à côté de moi, doucement descend l'assise escamotable et s'assied. Elle saisit ma main comme on retient quelqu'un sur son lit de mort ou d'hôpital. Je la vois, pietà rousse, sur le point de murmurer une extrême-onction païenne. Et franchement, j'ai peur. Salomé parle, d'une voix qui ne mange plus les mots, elle articule tellement que je crains de tomber au fond de sa gorge

Elle a arrêté de mettre du rouge à lèvres.

Et l'instant s'en va, Salomé lâche mes yeux de son regard vide, et dit à la scène, pour personne *il s'appelait rouge magenta son rouge à lèvres rouge magenta je crois ou rose magenta peut-être mais il était plutôt framboise.*

Je cherche un sens caché à ce jeu de couleurs. Ça n'a pas de sens.

Se tournant vers Abel, *vous viendrez voir mon spectacle ? Numéro spécial à la rentrée avec des serpents ! D'ailleurs j'ai rendez-vous avec le charmeur oh bah tout de suite.*

Elle se lève, court récupérer son sac, court dans l'autre sens jusqu'au devant de la scène, fait un baiser sur la joue d'Abel, et se glisse si vite dans mon rang que je ne suis qu'à demi levée quand elle m'embrasse et dit

Tu t'arrêtes pas toi faut pas s'arrêter de courir. Moi je m'arrêterai jamais et elle me rattrapera pas.

Qui elle ?

La vie la mort un truc de vieux cons, mais elle me rattrapera pas ! Et elle s'en va dans un rire, sa robe la suit et la porte claque. Elle est partie. Elle nous plante là.

Et je reste sonnée, elle a transmis à ma peau sa vibration de tout le corps.

c'est qui cette femme
c'est quoi cette femme
une femme-rayon aux mille projections
le cœur noir ou blanc on ne sait pas
qui discerne quoi de ce brouillard
astre gazeux étoile défilante fulgurance ?
elle c'est une méduse brûlante
m'a piquée pétrifiée m'a sorti les rétines de l'œil
en a fait des miroirs sous mon nez
et je me vois

Tu trouves que je suis éteinte ? Je lance ça à Abel qui est avachi sur son fauteuil et fait défiler l'écran de son téléphone.

Hm ? J'aurais peut-être pas dit comme ça. Mais ouais, je vois l'image. Genre un peu comme des cendres. Il a à peine levé les yeux de son téléphone.

Je ne dis rien parce que ses mots s'enfoncent dans mon ventre comme un poing, et ma gorge se serre un peu trop pour parler sans qu'il s'en aperçoive. J'ai pas l'âge de m'être éteinte, merde. Quoiqu'il n'y ait pas d'âge pour s'éteindre. Le seul âge pour s'éteindre, c'est l'âge de mourir.

On est sortis en silence du théâtre, du couloir noir, et en retrouvant la salle de restaurant, je suis prise par une bouffée humide de vie. Les gens suent, ils disent des conneries, des choses sans importance, *eh beh Georges t'as bien bronzé en Bretagne, je croyais qu'il pleuvait tout le temps là-bas* à une table qui vient d'accueillir un vieux type rougeaud, *merde Ferdinand j'en ai marre que tu te taches tout le temps*, une mère à son fils de trois ans, le père fait les gros yeux, la mère fait la tête de celle qui s'en fout, soit il comprend soit il comprend pas mais on va pas l'empêcher de dire merde toute sa vie.

Abel saisit mes épaules pour me faire avancer et j'aime qu'il me touche.

Dehors, c'est Montmartre. Les touristes défilent en rang d'oignons dans la rue Lepic qui est juste au coin. Abel me propose de marcher un peu. Je reste silencieuse et me repasse le film de notre rencontre avec Salomé. L'impression d'un vieux souvenir, alors qu'on vient à peine de la quitter. C'est que Salomé n'est pas assez vraisemblable pour que je la croie réelle.

Au bout d'un moment, je m'en veux de me taire.

Impressionnante, non ?

Je sais pas. Elle est triste, son histoire.

Je ne réponds pas. Salomé n'est pas triste, c'est une femme qui a vite compris la vie, elle a navigué sonde allumée, et fait des choix qu'elle ne regrette pas. Je demande à Abel ce qu'il veut dire.

C'est triste, de subir le regard des gens, il bafouille, *notre regard, je veux dire le regard des hommes.* Il fixe le sol en marchant, on dirait qu'il a honte. *Je sais pas, ça me fait bizarre, elle parle de son pouvoir de séduction, mais ce pouvoir, elle a été forcée de faire avec, elle l'a subi. C'est pas ça, le pouvoir.*

Il a raison. Ça fait longtemps que j'ai compris que le pouvoir, c'est pas les jolies filles qui le possèdent. C'est ceux qui leur imposent d'être les plus belles pour seulement exister.

Abel a besoin de vider son sac.

Ça m'a dégoûté, ce qu'elle racontait sur ta mère. Je l'imagine apprendre à une gamine à se faire désirer. Ce qu'elle racontait, sur le maquillage, tout ça. Putain, c'était une autre génération.

Le monde n'a pas tant changé, Abel. Je suis d'une de ces générations dégoûtantes. Où une fille devient femme parce qu'un jour, un homme la regarde. Pas le courage de briser tes illusions alors je te réponds

Ouais c'est chaud.

Et je passe à autre chose. J'espère que personne n'aura à lui dire ce que je ne lui ai pas dit, et que la prochaine génération sera enfin la bonne.

On descend la rue, j'aperçois la place, la station Pigalle, les gens qui traînent autour.

Tu veux des bonbons ?

Je tire Abel par la main vers Rudi, j'ai envie de légèreté.

Qu'est-ce que je te mets, petite ?

Un peu de tout, surtout des bananes et des œufs au plat.

T'aimes vraiment les bonbons les plus nuls ! Il tire un sachet en plastique, commence à le remplir. *Bon alors comment ça va ? Tu vas plus à la piscine ?*

Je lui dis que non, l'été je préfère prendre des douches froides. Ça le fait rire.

Il a pesé le sachet, le brandit au-dessus de son stand pour que je l'attrape.

Allez, cette fois c'est moi qui régale !

Je prends mes bonbons avec un *merci c'est gentil*, et je vois Rudi qui me dévisage la tête penchée. Je lève les sourcils l'air de dire qu'est-ce qui t'arrive et il lance

Tu ressembles de plus en plus à ta mère !

Je me tourne vers Abel, surprise, et il me regarde comme s'il savait, d'un sourire sûr et attendri qu'on lance à un couple de vieux aux cheveux blancs qui se tiennent par la main en traversant la rue.

Lorsque je paie Rudi, lorsque je lui dis *à bientôt*, lorsque j'ouvre le sachet et dépose l'œuf au plat sur ma langue, lorsque je suce cette gomme talquée, je me souviens. C'est elle qui m'emmenait au cinéma, quand j'étais enfant. Ça n'était pas Jeanne. C'était elle. Ma mère.

On est venues trois-quatre fois, peut-être, elle m'emmenait regarder des dessins animés de Miyazaki en version originale avec sous-titres alors que je savais même pas lire. Ça me rendait chèvre, j'osais jamais lui dire que je comprenais rien. Parce que si j'avais dit quelque chose, ç'aurait été fini. Je n'aurais plus eu sa main dans la mienne quand on marchait vers le cinéma, plus son épaule sous ma tête quand je somnolais en japonais, plus les bonbons dégueus à l'heure du déjeuner. Elle me disait de ne rien dire à Papa, d'ailleurs elle l'appelait Papa, mon papa, elle disait *tu dis rien à Papa, parce que c'est pas l'heure pour les bonbons ! Tu le dis pas à Papa, ou Maman va se faire engueuler !* C'est vrai qu'elle vivait fort, c'est vrai qu'elle portait toujours du rouge à lèvres qui restait sur ma joue, et que Papa essuyait quand il me récupérait sur le palier, en rentrant du ciné.

Je mets un deuxième œuf au plat dans ma bouche.

Abel me lance *tu te souvenais pas ?*

Je n'ai rien à répondre, alors je lui demande ce qu'il fait maintenant.

Il répond *tu proposes quoi ?*

L'idée qu'il s'en aille me traverse – je ne veux pas. *Tu restes avec moi ?*

Chaud. J'ai toujours pas mes clés, de toute manière !

Et j'aime bien être avec toi. Il dit ça sans emphase, sans gêne non plus. Il dit ça comme ça.

Ça te dérange pas de courir après un fantôme que tu connais même pas ?

Toi non plus, tu la connaissais pas.

Il n'a pas tort et pas de pitié, ce type.

V.

Ce matin, je me suis réveillée avec une impression d'elle.
J'ai fait un rêve.

il y a des gens qui bougent
des chaleurs étrangères
des obscurités zébrées de rouge
les néons qui hurlent
le sang de nos cœurs ils battent
à l'unisson ou alors c'est les basses
des éclats de dents on dirait des sourires ou
des cris mais on n'entend rien
on n'entend rien si fort que
je suis sourde si sourde que
je n'entends que moi
je ne sens que moi

et mon épaule ou mon bras mes seins ils explosent et
ma cheville oh oui ma cheville elle saute
le mouvement gagne mon cou
infiltré de ma nuque au sillon de mon dos
c'est mon bassin qui gicle
et mon ventre qui engendre
la vie pas d'un autre mais de moi
je donne vie à moi
quand mon corps à l'autre oublié
danse

Trop de monde. C'est le plaisir de la boîte, ce trop. Trop chaud, trop petit, trop noir, trop fort. La boîte te prend le corps et te le secoue, jusqu'à ce que tu te résignes à ne pas être bien, à ne pas être toi. Tu n'as plus que le choix de devenir quelqu'un d'autre.

Je suis dans la petite boîte où j'ai passé la soirée de la veille. Le Plastique, ça s'appelle. Là où j'ai bu et là où j'ai embrassé Abel. Mais cette fois, je n'embrasse pas. Je danse.

Tout le monde danse, et vit, les corps font des mouvements qu'ils ne connaissent pas, les culs hurlent de joie, les hanches pirouettent.

Qui sont ces gens, pourquoi on se bouge dans la nuit comme ça, bande de tarés. Trop de monde. Autant de monde que ce matin au Père-Lachaise. Indescriptible parce que incroyable, cette foule. Tous ces gens. Des dizaines. Comment ? Comment tous ces gens ont pu l'aimer ? Je suis pas jalouse, sidérée seulement. Je ne comprends pas qu'elle ait su se faire aimer de tant de gens, et qu'elle n'ait jamais essayé de se faire aimer de moi.

Dansant toujours, la vision hachée par un stroboscope, je reçois des arrêts sur images. Un crâne chauve brille sous un éclat. Des cheveux roux dessinent un cercle autour d'un corps qui tourne tourne tourne auréole cinétique. Un garçon pleure et ne danse pas, il tombe et tout le monde s'en fout. Moi aussi je m'en fous.

Je danse.

Et je les vois, loin dans le noir, derrière des membres qui valsent et des têtes qui battent, je les vois.

Les yeux jaunes.

Ils me fixent et disparaissent une fois deux fois. Moi je danse encore mais plus si fort, quelqu'un regarde, danse plus pareil.

Ça m'agace. Laissez-moi danser, j'ai envie de leur crier, laissez-moi être à moi, rien qu'à moi – ils n'entendraient pas. La musique est trop forte, et pourtant dans mon rêve je n'entends pas de bruit, rien que la certitude des décibels.

Alors j'arrête. Plus de danse, plus de mouvement. Plantée au cœur du monde qui vit et moi je ne vis plus. Et je suis triste. Une terrible tristesse à ne plus savoir ce qu'on fout là, ni dans cette boîte ni avec ces gens ni dans cette existence. Pourtant, je n'ai fait que cligner des yeux. J'ai fermé les yeux sur le monde des jours qui passent gentiment, des plaisirs simples, des sourires auxquels on croit. Une milliseconde – j'ouvre les yeux sur l'autre monde.

Personne dans la vraie vie ne chope la mélancolie en un clin d'œil, mais les rêves s'autorisent ce genre de cruauté. La claque de tristesse que je me prends me tord les boyaux, alors que dans la vraie vie, la mélancolie s'immisce. C'est un mollusque discret, noir et gluant, qui grossit sans bruit entre les valves du cœur. Quand il resserre ses tentacules, il est trop tard. Le sentiment a comblé chaque recoin du ventricule, et il emplit si parfaitement tous les creux de la vie qu'on ne sait même plus qu'en dire – chose honteuse parce que sans raison, vague de rien qui mange tout, un feu qui consume détruit mais ne brûle pas.

Les danseurs autour de moi ralentissent.

Je jette un coup d'œil aux yeux jaunes, de cet espoir subreptice qui ne s'assume pas. Me regarde ou me regarde pas ? Me regarde.

Les sons ralentis se déforment, les mouvements s'allongent en traînées noires.

Silence. Les danseurs abstraits disparaissent dans l'obscurité, moi-même je disparais, de mon propre rêve, et je ne vois même plus l'ombre de mon nez.

Les yeux jaunes sont fixes, et je ne distingue rien du visage qui doit les entourer. Trop loin, trop sombre. Ils sont jaunes. Jaune éclatant, jaune poussin pas comme de vrais yeux jaunes qui sont caramel clair à la limite, non un jaune plus jaune que le jaune de la réalité, un jaune synthétique, de gilet fluorescent ou de tuyau d'arrosage.

Les yeux jaunes sont jaunes et je déteste cette couleur.

Le j de jaune fait un écho dans ma tête. Je le prolonge, il sonne comme gémir comme geindre comme juguler comme jamais. Quel son étrange, ce jjjj qu'on peut dire cent ans jusqu'à plus d'air, même son vrombissant pour toujours.

Et je hurle avec tout le sens qu'on peut donner à un mot qui n'en a pas

JAUNE

c'est mon quart de siècle de haine,

née de tristesse

née de déception

née d'espoir

né d'amour

né d'elle,

qui explose en un mot stupide.

Jaune.

Et les yeux jaunes, pas un vrai jaune non, un jaune panneau de signalisation ou un jaune éponge, jaune comme gémir geindre juguler, jaune comme jamais, jaune comme je, les yeux jaunes prennent l'insulte pour ce qu'elle est et ils grondent.

Leur tonnerre se réveille, il a le son de la menace venteuse et le bruit d'une langue inconnue, qui serait l'exacte opposée de l'araméen, cette langue dont on dit qu'elle est connue de tous sauf des anges. J'entends une langue qui est au contraire connue des anges et pas de moi, parce que j'ai insulté les yeux jaunes dans la nuit et perdu leur bénédiction et le sens de leurs mots.

Le tonnerre s'élève comme la voix de Maja s'est élevée une fois, il y a presque vingt ans quand j'ai cassé un vase en jouant au badminton dans le salon, et je sens qu'il me dit dans sa langue toutes les vérités que je ne veux pas entendre. Confusion car je ne comprends rien, et confusion car ces vérités je n'ose même pas les penser.

Le grondement se transforme en paroles intelligibles, tremblantes et faisant trembler, et une voix de louve caverneuse rugit

je déteste en toi celui de mes visages
que j'essaie de masquer en moi

Quoi ?

je veux être assez près pour comprendre assez près pour

savoir qui ose me dire des vérités pareilles c'est

interdit de dire la vérité comme ça c'est insurvivable la vérité comme ça

alors je cours

dégagez bande d'acrobates de nuit

je renverse une forme elle jure *mon verre putain tu vas me racheter un ginto toi*

je cours encore

j'atteins les yeux et je pourrais saisir la gorge de ce visage invisible je suis si près

que je vois les yeux si près que je ne sais plus s'ils me regardent, ce ne sont que deux grosses sphères jaunes dont je discerne les veines rouges, des rivières de sang, et l'iris un feu de joie

et la pupille une mare stagnante où je pourrais tremper mes doigts

enfoncer mon index exploser la bille dans l'orbite.

Peur. J'ai peur, mais une peur paresseuse, une peur constat, pas une peur qui voudrait que je me sauve, une peur essentielle, la même peur qu'on ressent en bateau quand la tempête se lève, rien de la peur panique, au contraire, la peur sage, la peur tranquille, qui nous dicte de tenir l'amarrage, elle sait qu'on ne peut pas échapper à ce qui est à venir, parce qu'on est à bord et la seule échappatoire, c'est l'eau, dangereuse noire violente, l'eau qui noie.

J'ai la peur qui tient en vie.

Alors je me réveille.

Je sors de mon lit, respire lentement pour expirer le cauchemar. Je vais dans la cuisine faire du café. J'enclenche la bouilloire.

Les yeux jaunes étaient les siens. Ce serait donc elle qui m'a dit ces mots. «Je déteste en toi celui de mes visages que j'essaie de masquer en moi.» Des mots qui sortent de quelque part, mon inconscient n'a pas pu inventer un truc pareil. Aucun souvenir pourtant.

Par la fenêtre, de l'autre côté de la courette, je vois l'appartement des voisins, dans le noir. Ils ne sont pas encore réveillés.

Et la bouilloire déjà gronde. C'est mon visage que ma mère n'a pas pu aimer. Mon visage aux yeux jaunes, ces yeux jaunes que je vois chaque matin dans le miroir de la salle de bains, maudits, affligés du même mal que le sien, les jours de chiale. C'est ce visage qu'elle a reconnu en moi, et qu'elle n'a plus voulu voir. C'est ça. C'est notre malédiction, notre malhéritage qu'elle n'a pas supporté. C'est à cause de lui qu'elle ne m'a pas aimée.

Je fixe sans y penser les géraniums cramés des voisins. Avant de faner, ils étaient rouges, je crois. Je ne distingue pas la couleur des quelques fleurs qui ont survécu, il fait nuit noire.

Il ne fait pas nuit le matin en plein été à Paris.

Je pousse le grille-pain qui cache la radio. Dimanche 15 août, 02:31. Pas l'heure de faire du café.

Alors j'ai à peine dormi. Abel est à peine parti.

J'ai l'esprit embué des réveils pas prévus. J'ai peu dormi, j'ai mal dormi et j'ai dormi seule, parce que j'ai foutu Abel à la porte, il y a quoi, deux-trois heures.

La soirée avait pas mal commencé. On a marché jusqu'à chez moi depuis Pigalle, l'air était doux, enfin. On n'a pas beaucoup parlé sur le chemin et ça m'a plu parce que j'avais pas grand-chose à dire. On a chopé une pizza, deux bières, et on est montés à la maison. On a dîné, on a bu nos bières et quand on les a finies, j'ai sorti du frigo une bouteille de blanc.

Après, tout a capoté. Je ne sais plus comment, ma mémoire a foutu le camp, il est trop tôt, ou trop tard, ça dépend, pour les pensées claires. Je veux me souvenir, comprendre pourquoi je suis seule et il fait nuit. Je force mon esprit à recoller les morceaux.

Hier soir. Cartons de pizza vides sur la table basse. Assis sur le canapé, Abel me parle de ses vacances ou d'un film qu'il a vu, *vachement bien*, et je verse un peu plus de vin dans nos verres. J'ai l'impression qu'il a plus de barbe que ce matin, ou plus de cernes – il a un air fatigué qui me plaît bien. Je m'assieds par terre, adossée au canapé, les jambes allongées. Il me dit *bah tu veux pas t'asseoir avec moi ?* Je réponds pas. Il glisse du canapé et me rejoint sur le sol. Je n'ose pas tourner la tête vers lui, entre ses lèvres et les miennes trop peu d'espace pour que je le regarde pour que je lui parle pour que je ne l'embrasse pas. Je bois une gorgée de vin. L'épaule d'Abel touche la mienne. Je pose mon verre. Ma main retombe sur ma cuisse, elle se laisse vivre et l'air de rien atterrit sur sa cuisse à lui. Je cherche le regard d'Abel, mais Abel regarde la main sur sa cuisse. La main rampe, jusqu'à la braguette, triture le bouton, tente de le défaire, échoue, *tu veux pas m'aider ?* Abel se lève, s'exécute en silence, s'assied sur le canapé.

À la hauteur de mes yeux il y a son bassin et le boxer de jersey élastique qui moule son sexe. La main glisse serpentine sur le coussin, elle grimpe sur sa hanche d'une caresse dure, elle appuie contre la peau sa paume pour tout connaître d'elle, et coule à peine plus douce là où la peau est la plus fine, là où la cuisse rencontre le pubis, et nuageuse, je m'insère sous le boxer et

Arrête

je rampe jusqu'à la base du sexe et

Arrête je te dis

et lente ma main se referme sur son sexe dur

Mais merde Nuria je te dis non et il ne bouge pas, moi je reste suspendue

C'est quoi le problème ?

J'ai pas envie. Pas comme ça. Tu   tu me veux pas. Je le sens, ça se voit.

Mais si, je te veux et ma main monte descend monte descend sans hâte. Je laisse échapper un petit rire, *tu couches qu'avec les filles amoureuses, c'est ça ? Attends pas ça de moi.*

Je te demande pas de m'aimer. Juste de me regarder. Regarde-moi. Lâche ça. Tu me vois, tu me dévisages parfois, mais tu me regardes pas ! Je sais pas comment te

dire, tu me vois mais toi, tu restes là-bas et moi tu me laisses loin. Regarde-moi putain !

Je lève les yeux vers lui. Ses yeux vides du soleil que j'y ai vu hier. Le visage illisible. Je rapatrie ma main entre mes cuisses repliées et ma poitrine.

Abel se passe la main sur les yeux le front le nez, il la plaque contre sa bouche pour contenir quelque chose. Une fureur, j'imagine. Un reproche, au moins.

Il chuchote mi-excédé mi-désespéré

Je sais pas ce qui t'a éteinte, Nuria, mais merde moi je peux pas faire l'amour en mode automatique. C'est pas comme ça qu'on se touche qu'on se regarde qu'on se rencontre merde, moi j'ai pas envie de toi comme ça et toi bah toi t'as pas envie de moi tout court.

Je pousse plaintive *mais si.*

Mais je sais même pas si tu sais ce que c'est, avoir envie.

Pardon ? J'entends ma voix dérailler dans les aigus.

Il boit une gorgée du verre de blanc sur la table basse, *Ta mère c'est pareil. Y a rien que t'aies envie de savoir sur elle, comme si tu t'en foutais.*

Une boule s'est coincée dans ma gorge, je le coupe et me lève. Je le toise

Arrête-toi là, Abel, je te connais pas, tu t'incrustes, et maintenant tu me donnes des leçons ? Tu te prends pour qui ?

Il me répond avec un calme qui me dresse les poils.

Je crois que je comprends, quelquefois je suis comme ça avec les meufs qui me plaisent et qui m'ignorent. Je m'auto-convaincs qu'en fait je m'en fous, pour arrêter d'espérer un message comme un con. Mais c'est débile, j'ai jamais réussi à arrêter d'espérer pour de vrai. Surtout, moi c'est des meufs, on s'en fout, mais toi c'est ta mère !

La boule dans la gorge hésite – larmes ou colère ? Je ne sais pas m'énerver, on m'a jamais appris. Les jeunes filles ne s'énervent pas.

Je sais pas comment te dire ça sans passer pour un salaud. Elle est morte, Nuria, et je te vois, et tu te mens.

Quand on n'a pas le sang chaud, le sentir frémir sous sa carotide, ça surprend. Mes ongles s'enfoncent malgré moi dans mes paumes. Si je pouvais prendre sa gueule entre mes mains et la fermer. Je me retiens.

Tais-toi, Abel. Ma voix est descendue d'une octave.

Tu voulais encore quelque chose d'elle, et tu veux encore savoir des choses sur elle, alors admets-le, parce que c'est maintenant ou jamais ! Après, tous ces gens qu'on a vus au cimetière, ils vont retourner à leur petite vie, et ils vont l'oublier ta mère. Toi tu seras toute seule et tu l'oublieras jamais.

Sentencieux, il laisse le silence clôturer son laïus. J'inspire, m'apprête à répondre qu'il ne sait pas de quoi il parle – mais il reprend

Je sais pas ce qui s'est passé et t'as raison je suis personne, mais je suis le seul que t'as sous la main, il plante ses yeux dans les miens, *tu peux pas vivre comme un fantôme parce que ta maman t'a jamais aimée, tu peux pas te protéger de tout en t'approchant de rien.*

Un fantôme ? C'est aujourd'hui qu'il me parle de fantôme ? *Tu te fous de moi ? Tu crois quoi, que t'as tout compris ? Toi et ta petite maman qui t'aime quelque part ? Mais va te faire foutre, c'est ça t'es personne !* J'ai un rire étrange. *Espèce de parasite, tu crois que tu vas m'apprendre la vie ?* Mes dents ne se desserrent pas, elles crachent les consonnes. *Connard.*

Il ne réagit pas. Il me regarde toujours, sans peur ni pitié. Égal à lui-même. Ça me rend dingue.

Tu sais quoi, je sais ce que je veux : je veux que tu te casses. Il bouge pas. *Dégage ! Allez, dégage !* et je crois que je répète le mot encore cent fois alors que je tire sur son bras *Dégage* je sais que j'ai pas la force de le faire se lever mais je tire *Dégage, connard* j'enfonce mes ongles dans la peau, et je sens la boule qui remonte et je pourrais lui arracher les yeux à ce con, qu'est-ce qu'il croit, qu'une eulogie suffit à pardonner l'abandon, et la boule se heurte à ma glotte, elle cogne les parois de ma gorge au rythme dingue de mon cœur, elle m'étouffe, mon souffle s'épuise à tirer sur Abel immuable, l'air se faufile à peine, et si je pouvais choisir entre les larmes et la rage, je pleurerais, mais la rage choisit les ongles enfoncés dans la peau, et enfin Abel se lasse.

Sans effort, il dégage son bras de mon étreinte en décollant mes doigts ancrés.

Je m'aperçois que j'ai marqué Abel de mes ongles, j'en suis fière un instant avant d'avoir honte. Abel retient mes bras qui se jetteraient sur lui encore, il me tient comme un enfant qui fait un caprice, et humiliée ridicule tremblante je murmure *va-t'en.*

Il se lève lentement, me libère, marche vers la porte sans un mot. Je ne me retourne pas, je ne le suis pas. La porte claque.

Je crie à plus personne

C'est vraiment dégueulasse !

La radio de la cuisine affiche maintenant 02:33. Abel est parti.

J'ai débarrassé la pizza, les bières, les verres. Je suis allée me coucher et j'ai dormi.

Ma mère meurt, je dors, je saute sur un type, je dors. Je rêve, aussi.

À côté de l'évier, un fond de vin blanc dans le verre à pied. J'en bois une gorgée.

Alors Abel aussi connaît. Le message qui ne vient pas. Cette façon de l'attendre un peu, vérifier le téléphone souvent, et plus tard, l'attendre tellement qu'on ne vérifie plus le téléphone du tout. Rien de pire que de s'avouer avoir espéré ce qui ne viendra jamais. Pas seulement qu'on est passé pour un con, mais on s'est brisé le cœur tout seul, à vouloir quelque chose que l'autre n'a jamais envisagé de donner. Abel connaît l'attente avec les filles. Moi je ne connais pas avec les filles, pas avec les garçons non plus – je me laisse jamais assez avoir pour être de ce côté de l'attente. Je me laisse jamais assez toucher. Moi je connais l'attente avec ma mère.

On se voyait de temps en temps. Ça avait toujours été comme ça. Elle passait à l'appartement et elle m'emmenait quelque part, quelques heures. Ça me plaisait, ça me suffisait. Je prenais ce qu'elle me donnait, un coup de fil pour qu'elle me raconte sa vie, parfois une après-midi. Trois-quatre fois par an. Maja m'a avoué il y a quelques années que mon père et elle devaient insister dix fois pour qu'elle vienne me voir. Je ne savais pas.

Je la trouvais magnifique, ma mère. Elle me parlait de sa peinture, de ses amis. Elle me parlait de moi, aussi. Elle disait qu'on se ressemblait tellement, que j'avais le même esprit qu'elle. Je la trouvais magnifique.

Un jour, j'ai eu une idée comme ça, et si je ne l'appelais pas cette fois, rien que cette fois, pour voir.

J'étais encore adolescente. Ce mois-là je n'ai pas appelé. Elle n'a pas appelé. J'ai cédé le mois suivant.

J'ai appelé, on s'est vues, je crois qu'on est allées voir une expo à Beaubourg, elle me parlait d'expressionisme abstrait, d'artistes femmes, de leurs techniques, je me souviens, *tu trempes et tu taches*, elle me disait *j'essaie de faire ça maintenant, c'est une nouvelle série, il faudra que tu viennes voir l'atelier!* C'était bien.

Un jour, j'ai eu une idée qu'on a tous eue un jour. J'ai eu l'idée d'éprouver son amour. Demander par mon silence *est-ce que tu m'aimes?* Je n'ai plus appelé. Elle n'a pas appelé. On ne s'est plus jamais vues. C'était il y a huit ans.

Tout dans ma vie est l'histoire d'*un jour*, mais dire *un jour*, c'est toujours mentir. S'il fallait dire l'histoire vite: un jour, j'ai décidé de ne plus voir ma mère. Pourtant, je n'ai jamais décidé de ne plus jamais voir ma mère.

Je n'ai jamais voulu la laisser mourir sans moi. Une histoire à la con qui devient dramatique. Avant, je pouvais dire *c'est une histoire très courte, il ne s'est rien passé, on ne se voit plus, c'est tout.* Maintenant que dire? Elle s'est suicidée et je ne sais pas qui elle était.

La dernière fois, elle m'avait invitée au vernissage d'une expo à laquelle elle participait. Ça s'appelait « Biodynamie lyrique – Créer la vie ». Je ne l'avais pas vue depuis un an peut-être.

J'y suis allée. Je suis arrivée devant une galerie de la rive gauche, dans une de ces jolies petites rues près de la Seine. C'était l'automne.

Je me rappelle être partie en courant du lycée, sans repasser par chez moi, peur de changer d'avis ou de ne pas avoir le courage. C'était la première fois que ma mère partageait quelque chose de sa vie avec moi. Je courais et je rêvais sur le chemin, dans le couloir du métro, dans la rue : elle va me présenter ses amis, et peut-être que je vais enfin le voir cet atelier. Il était urgent que je la voie, je ne sais pas pourquoi. C'était maintenant ou jamais.

J'ai tourné dans la rue Visconti, que je n'avais jamais empruntée et où je ne suis d'ailleurs jamais retournée, à moitié parce qu'elle est minuscule et je n'en ai jamais eu l'occasion, à moitié parce que je ne veux plus y foutre les pieds.

Je l'ai vue. Je l'ai vue, cette femme qui me ressemble tant, seulement la peau plus claire, les cheveux moins frisés, mais à part ça, cette femme brutalement comme moi, je l'ai vue, tellement plus jeune que sur la photo de Félix. Elle m'a fait l'effet d'une jeune femme, une femme qui paraîtrait ma sœur plus que ma mère. Elle riait avec des hommes, un verre de vin à la main. Elle fumait une cigarette, elle portait une robe rouge à volants, genre flamenca, et les cheveux en chignon, planté d'un peigne assorti. Les gens debout devant la vitrine parlaient autour d'elle, plus lentement qu'elle, étouffés, ralentis, hébétés par elle, parce qu'elle flamboyait. Elle racontait une histoire, elle a eu un mouvement de danseuse en faisant valser sa jupe. Tout le monde a ri.

J'ai regretté de ne pas m'être changée, je portais un mauvais jean et un haut sans intérêt. J'ai eu honte, pas assez bien pour elle, pas assez belle. Je restais sur le trottoir d'en face, si proche, dans cette minuscule rue. Anonyme encore. C'était un tableau, la vitrine de la galerie délimitait le cadre, les personnages secondaires, c'étaient tous ces pique-assiette du jeudi soir, derrière eux les toiles roses et orange créaient un arrière-plan. J'étais spectatrice. Immobile parce que paralysée par le choix à venir : revoir ou ne pas revoir cette mère qui n'était rien pour moi parce qu'elle ne voulait rien me donner. Je me suis adossée à un porte-vélos. J'ai regardé encore, et je me suis imaginée être l'une d'entre eux, quelqu'un de son entourage. Quelqu'un à qui elle sourirait au-delà des têtes d'une salle d'exposition bondée, quelqu'un à qui elle dirait *merci d'être venue, désolée il y a du monde mais on déjeune la semaine prochaine, OK ?* Je me suis imaginée faire partie de sa vie.

Un vieux et gros monsieur est venu la voir, lui a murmuré quelque chose à l'oreille, elle a cherché quelqu'un du regard, et ses yeux sont tombés sur moi.

Elle a traversé la rue, sans regarder la chaussée, j'ai eu peur pour elle, et je m'en suis voulu : aucune voiture ne passe jamais par ces petites rues, et de moi jamais elle ne s'est inquiétée. Elle a marché tout droit vers moi et elle a dit *ma fille*. Elle m'a prise dans ses bras. Elle a pleuré. Je ne lui ai pas rendu son étreinte, les bras ballants, je n'ai pas bougé. Je continuais de regarder le tableau mouvant de l'autre côté du trottoir, derrière sa nuque, derrière ses cheveux, derrière son odeur inconnue, sa voix inconnue, ses mots inconnus. Elle a dit *ma fille, tu es là. Maman est si contente de te voir, Maman est si fatiguée.* Elle a continué de pleurer. Les gens de l'autre côté de la rue continuaient de rire. Ils buvaient, ils passaient de conversation en conversation. Un type avec une veste en velours milleraies trop grande pour lui se plaignait du vin rouge, *de toute façon c'est toujours de la piquette aux vernissages, le blanc, bon, à la limite, du mauvais blanc ça se boit, mais le mauvais rouge ! C'est ta faute, Tinou, t'avais qu'à prendre du blanc !* Ses larmes commençaient à mouiller mon chemisier. *Qu'est-ce que j'en ai pensé ? Décoratif. Enfin non, je voudrais pas de ça chez moi. Écoute, original. Coloré. Mais c'est intéressant.* Elle pleurait et moi je ne pleurais pas, elle bafouillait des histoires, elle était si mal, sa vie était si compliquée, mais cette expo, c'était un miracle. Elle se sentait seule. Il fallait absolument que j'entre voir ses œuvres. Et celles des autres, tellement de gens plus talentueux qu'elle. Elle parlait et moi je ne parlais pas. Moi je ne l'aimais pas. Moi je ne l'aimais plus.

Quelqu'un est venu la chercher, on avait besoin d'elle à l'intérieur. Elle m'a dit *ma Nuria,* avec un grand sourire qui allait si bien avec sa robe. Elle m'a fixée pour que je réponde quelque chose. Je lui ai répondu *appelle-moi si tu veux me voir.* Elle a dit oui. Je lui ai demandé si elle avait toujours mon numéro. Elle a dit oui. Elle a traversé la rue. Depuis le trottoir d'en face, elle m'a fait un bisou de loin. Elle a soufflé sur sa main. Elle a souri. Elle est partie. Elle ne m'a jamais appelée.

Après, je l'ai oubliée, ou j'ai fait semblant. Et je n'ai plus jamais pleuré. Ce n'est pas un genou sanguinolent qui m'a volé mes larmes. C'est elle.

Si des mères peuvent pleurer sur des filles qu'elles oublient, alors pourquoi pleurer? Pourquoi pleurer?

Sur la radio, 02:35.

Il n'est pas tard, Abel n'est peut-être pas allé se coucher. Je verse mon verre de vin dans l'évier. Je verse son verre de vin dans l'évier. J'ai pas envie d'être seule.

T'es où ?

T'es où, ça sonne presque comme *désolée*. Oui, ça sonne comme *désolée j'aurais pas dû crier, t'insulter, te faire mal, mais tu m'as dit des choses que je pouvais pas entendre.*

Pas loin

Il a répondu tout de suite. Pas loin, ça sonne comme *t'inquiète je comprends, et au fond je m'en fous.*

Tu dors où ? En sous-texte, *reviens, je me sens seule sans toi.*

À côté de toi

Il manque pas d'air. Je sais pas quoi répondre à ça, moi. J'ouvre le frigo distraitement. J'en sors un yaourt à la pêche. Toujours le dernier qui reste, j'aime pas ça. Je mange le yaourt en silence dans la cuisine. Au moment où je range la cuillère dans le lave-vaisselle, on sonne à l'interphone.

C'est lui.

Je l'entends monter l'escalier et je prépare mes excuses. Mon pied bat la mesure nerveusement. Abel arrive devant la porte *salut toi*, et entre, va se servir un verre d'eau dans la cuisine.

Je le suis, il me propose de l'eau, je bois dans son verre.

Je lui dis *Tout à l'heure, j'aurais pas dû crier.*

Au moins t'avais l'air vivante ! Il répond pas méchamment, pas gentiment non plus. Il répond comme je le mérite. C'est un type qu'il faut pas embêter. Il s'étire, *il est tard non ? T'es pas fatiguée toi ? En plus j'ai retrouvé des potes, qu'est-ce qu'ils étaient chiants*, et il me raconte qui sont ces potes, et leurs métiers et leurs copines, et des détails dont je ne saurais que faire, j'ai la tête ailleurs, et il le voit alors il me dit *mais tu sais ces potes si j'avais voulu j'aurais dormi chez eux.*

Je réponds *on va se coucher?*

Je vais dans ma chambre, dans le noir, Abel hésite sur le seuil. Je lui fais signe de me suivre, *je croyais que tu voulais dormir à côté de moi.*

C'est toi qui vois.

Je me déshabille, garde ma culotte, m'allonge sur le lit et recouvre mon corps du drap. *Alors viens là. Viens dormir. Rien d'autre.*

On fait ce que tu veux. Il se déshabille aussi, et avec un sourire murmure *Moi, je sais qu'un jour on fera l'amour.*

Il se glisse sous le drap, on est l'un à côté de l'autre, sur le dos, comme deux enfants sages, trop près pour ne pas se regarder, trop près pour ne pas s'embrasser. Cette fois pourtant, nos corps ne se touchent pas, ni nos lèvres ni nos mains ni nos sexes. Mes yeux se reflètent dans les siens. Deux billes jaunes, auxquelles se superposent les yeux flottants de mon cauchemar. J'aurais dû les crever. Les empêcher de me délivrer leur sentence bizarre. S'aveugler et se taire, tout ce qu'il faut pour vivre. Je ferme les yeux à contrecœur quand le sommeil m'attrape.

Quand je me réveille, le jour s'est levé. Abel est là, endormi à côté de moi. J'ai toujours trouvé les gens plus beaux endormis qu'éveillés. Peut-être parce qu'ils n'ont pas d'idée derrière la tête. C'est difficile de regarder quelqu'un qui pense.

Je vais dans la cuisine. La radio indique dimanche 15 août, 09:43. Je fais du café. Alors qu'il infuse dans la cafetière, je me dégourdis les pensées en rejouant mes souvenirs. Ce sont les mots d'Abel qui me reviennent. Il a raison, on n'oublie jamais sa mère. Je verse dans deux tasses le café noir, et marche jusqu'à la chambre.

Je pose une tasse sur la table de chevet, Abel endormi sur le ventre est réveillé par l'odeur. Il ouvre les yeux.

T'as fait du café? Voix endormie, ton hyper surpris, rien de plus dingue que faire du café le dimanche matin. C'est vrai que c'est bizarrement incongru, cette normalité du dimanche matin. On se réveille comme tous les jours, dans les draps blancs de tous les jours, sous le soleil et la chaleur qui monte tous les matins de tous les mois d'août, on boit le café quotidien dans le calme de tous les dimanches. Pourtant rien comme tous les jours et ce type dans mon lit, je ne le connais pas.

Abel se retourne, cale deux oreillers contre le mur, s'adosse, se passe brutalement une main dans les cheveux. Frotte ses yeux. Un truc animal, un peu sauvage. Il prend la tasse sur la table, boit une gorgée. Il me sourit l'air de dire merci. Le sourire reste sur ses lèvres.

J'ai besoin d'une douche, je peux? Il se lève, étire ses bras au-dessus de sa tête, va dans la salle de bains parce que j'ai dit *oui*.

Je fixe le plafond en respirant son odeur, étrangère, et vite, l'eau de la douche s'arrête de couler. Abel pousse la porte de ma chambre, torse nu, il a des poils partout et ma serviette de cheveux autour des hanches, toute petite toute petite.

T'aurais pas un t-shirt pour moi ? N'importe quoi. Flemme de remettre ma chemise. Je me redresse et désigne l'armoire, dernière étagère tout en bas, lui dis qu'il y a des caleçons de mecs au même endroit, *je m'en sers comme pyjama.* Il passe sa tête dans le t-shirt, il y a un logo délavé dessus que je fixe – tout sauf ses yeux – quand je me lance

Je voulais te dire. T'as raison, ça marche jamais. Faire semblant de s'en foutre. Je m'en suis rendu compte hier, quand Maja m'a appris qu'elle était morte, j'ai pensé enfin enfin elle a une bonne raison de pas m'appeler. Mourir, c'est une bonne raison de ne pas aimer les gens. *Mais t'as raison, c'est con. Je l'oublierai jamais, alors je veux choisir le souvenir qu'elle me laisse. Je veux savoir qui elle était. Je veux savoir pourquoi, merde. Pourquoi. Moi je veux pas être maudite.*

Bah vas-y, on va les chercher, tous ces gens qui chialaient hier !

Dans sa bouche, tout est simple et je n'arrive pas à croire que l'instant d'avant, dans mon cerveau, les choses faisaient de tels nœuds. Avant ce moment, jamais je n'avais avoué mon amour, mes espoirs et mes déceptions. Laisse-moi le temps, Abel, de reprendre mon souffle. Je ne sais pas ressentir et vivre en même temps. Je ne sais pas ressentir et préméditer la vie en même temps.

« Les chercher » ? Les chercher où ?

Il s'approche de moi, au visage le doux air qu'on offre aux enfants à peine réveillés, et d'une petite voix que je ne lui connaissais pas (mais je ne le connais pas)

Allez allez, va te préparer, faut qu'on les chope aujourd'hui ! Les gens traînent jamais longtemps à Paris en plein mois d'août.

Alors je me lève, le frôle en sautant du lit, le nœud lâche de la serviette qui le couvre se défait, il la sauve preste et lance *je t'accompagne mais t'arrêtes de me mater hein*, du menton il fait un signe vers son entrejambe à peine caché, et il éclate de rire, d'un rire qui a tout oublié.

J'ai déjà saisi le pommeau de douche quand la question revient et je crie pour qu'à travers le mur il entende

Mais on va où ?

T'as la clé de son appartement !

VI.

Abel a noté l'adresse de ma mère, les codes et tout ce qu'il faut, quand on était chez Félix.

Sur le plan qu'il décrypte sur son téléphone, l'adresse est au coin de la rue du Faubourg-Saint-Denis et de la rue d'Enghien, dans cette partie du dixième arrondissement qui est un peu turque, un peu indienne, et très gentrifiée. Dans la même rue, il y a la soupe de lentilles chez Mardin Çorba, les carrot halva du passage Brady et un « bar » à céréales de petit déjeuner. Je connais bien le quartier, je viens faire tondre mes cheveux tous les deux mois chez un barbier sympa, Walid, quinze mètres plus haut. Ça me coûte huit euros.

Abel me guide depuis la bouche du métro sous la porte Saint-Denis, il suit le point bleu sur son téléphone. Moi, je le suis, lui. On remonte la rue.

On s'arrête à côté d'un café, ça s'appelle Chez Jeannette. Un clochard du quartier fait une pause avec un allongé.

C'est là, la petite porte bleue, troisième étage gauche.

Je me fige et marmonne *on peut pas monter comme ça. Je veux dire, c'est chez elle.*

Je tourne le dos à la petite porte bleue. Devant moi la rue. Sa rue. La rue où elle habitait. Celle qu'elle a traversée des milliers de fois, la rue qu'elle a montée jusqu'au boulevard de Magenta et descendu jusqu'à Arts-et-Métiers. Elle a dû passer devant mon barbier chaque jour, elle est peut-être passée un jour où j'y étais, si elle avait tourné la tête elle m'aurait vue. Peut-être qu'elle m'a vue. Peut-être qu'elle ne m'a pas reconnue.

En face de son immeuble, le Bazar du Caire ; sur le même trottoir, de l'autre côté de la petite rue d'Enghien, un primeur. Je l'imagine. Elle allait au bazar acheter du produit vaisselle à la framboise, et Chez Jeannette elle buvait son café, au lait, ou noir, du sucre ou pas, le soir quelquefois une bière avec Salomé. Dans la poubelle au coin elle jetait un vieux mouchoir, ou le ticket de caisse du primeur, un kilo de poires et une poignée de dattes. Un dimanche matin du mois d'août comme aujourd'hui, elle serait allée acheter un bouquet chez la fleuriste un peu plus bas dans la rue, les passants se fraient difficilement un chemin entre les bambous sur le trottoir, des citronniers, des orangers s'entassent et envahissent presque la chaussée. Je la vois bien choisir des roses rouges pour elle-même, ou alors complètement autre chose, une orchidée en pot, orange et mauve, ou même des œillets blancs, simplement.

Il m'arrive souvent d'imaginer la vie des gens, la première fois qu'ils m'invitent chez eux. Elle, je ne la connaîtrai jamais, mais après avoir pénétré chez elle, je l'imaginerai mieux.

J'hésite à franchir le seuil de sa porte, de sa vie. Ce n'est pas que j'ai peur de la froisser, là où elle est. Forcer sa porte, même si j'ai la clé, c'est admettre qu'elle ne m'invitera jamais. Elle ne m'invitera jamais à entrer chez elle, à visiter son appartement, à partager sa vie. J'en ai toujours rêvé. Pas eu le temps de mettre à jour mes espérances.

Un grand Noir à dreads s'approche de moi, il a la peau crayeuse et le blanc des yeux pas net.

Salut demoiselle, ça va ? La forme ?

Il est maigre et plein de tendons aux épaules, aux genoux. De longues jambes sur ressorts sortent de son short taché.

Pas trop, je t'avoue.

Ah merde, je peux faire un truc pour toi ?

T'inquiète, c'est pas tes problèmes. Ma mère vient de mourir, c'est des choses qui arrivent.

Il met sa main en visière, le soleil est trop fort, il essaie de voir mon visage. Il y a un trou dans son t-shirt par lequel des poils d'aisselle frisés sortent.

Merde meuf, merde. Il a les yeux perdus quelque part derrière moi et les mots pâteux. *J'étais venu te gratter un peu de thunes mais du coup je vais pas abuser. Désolé meuf, désolé vraiment.* Il me tourne déjà le dos, la tête baissée, la cadence lente.

J'ai pas de cash de toute façon.

Volte-face d'escargot, ses terminaisons nerveuses engourdies. *Même pas un petit ticket resto ?*

Je fais non de la tête. *Tu sais quoi, c'est pas grave.* Il me fait un clin d'œil, sourit de travers et s'éloigne en disant *je devrais peut-être appeler ma mère moi.*

Tout le monde a une mère. Longtemps, c'était tout le monde sauf moi, et, comme on fait des différences qui encombrent, j'avais occulté celle-là. Elle est morte et je dois me fabriquer une mère, qui marche dans la rue, parle aux voisins, achète des fleurs.

Deux types sortent en riant de l'immeuble à la petite porte bleue. Abel, la dégaine rêveuse, retient la porte avant qu'elle ne claque. Il me demande de la tête si on y va.

Je la veux et je l'aurai, ma mère, de force s'il le faut.

Je franchis la porte cochère, Abel me suit, on monte dans une cage d'escalier pas toute propre, une peinture marronnasse qui s'écaille.

Au troisième palier, Abel déclare *c'est ici,* et je lui tends la clé sans y penser, et quand j'y pense l'instant d'après, je reconnais avec dégoût l'ultime tentative de ne pas être celle qui pénètre, de ne pas être celle qui s'invite. Abel insère la clé dans la serrure et ne la tourne pas, il s'exclame sur un ton de défi

Je parie que les murs seront blancs ! Toi ?

Ça veut dire quoi ça ?

Je pense qu'ils seront blancs, c'est tout. Allez vas-y, choisis une couleur !

La plupart des murs des gens sont blancs, ça veut rien dire.

J'ai plus de chance d'avoir raison, du coup !

Mais à quoi ça sert d'avoir raison ?

Quelle relou, sérieux.

Il tourne la clé. La Vierge sursaute. C'est le porte-clés qui enjambe la serrure, une figurine dorée, Vierge sans enfant. Au dos de la figurine, gravé dans le voile de la Vierge : « Les Lundis du Saint-Esprit. Paroisse Saint-Laurent. » Le détail m'amuse, mais je ne pense qu'à ce que la clé ouvre. Bientôt je serai chez elle.

Abel entre et me tient la porte, je ne bouge pas, et il me dit *allez on va voir,* alors je lui fais remarquer qu'il peut garder ses paris à la con, ma mère est morte avant-hier, et c'est chez elle, et on n'est pas dans un jeu télévisé merde. Il lève les yeux au ciel, l'air de penser que j'exagère.

C'est chez elle, et pourtant ça pourrait être chez n'importe qui. Il y a un canapé, deux fauteuils, une table basse, des livres posés dessus, dessous, partout. Des rideaux aux fenêtres, une couleur à la con, avec un nom qui fait le malin dans *Elle Déco*, terre de Sienne ou terracotta, un tapis à poils longs, au mur des images, un vase avec des fleurs fanées sur un tabouret dans un coin – pas de roses, pas d'œillets, pas d'orchidée, six lys roses dont le pollen a éclaboussé le parquet. Des murs blancs, une suspension façon lanterne en papier, une bibliothèque moderne, une cuisine derrière une cloison vitrée. N'importe qui.

Abel va ouvrir la fenêtre, on étouffe. Je reste au milieu du salon les bras ballants. Je me dis voilà. Ma mère est une personne comme les autres, qui achète des meubles blancs ou en plaqué bois, géométriques, empilables, à monter soi-même, avec des vis et des petits boulons pour lesquels est fournie la clé adéquate. Ça me sidère.

Abel s'allume une cigarette à la fenêtre, il crache sa fumée par-delà le garde-fou. Il se met à parler, lentement, et me tournant le dos.

Tu sais, ce que je t'ai dit hier soir – chez toi – je crois surtout que j'étais un peu vexé. Que t'aies juste envie de me baiser. Je voulais te dire que j'ai peut-être un peu abusé. Mais désolé, je voulais pas être méchant.

Il se retourne et ses boucles volent un quart de seconde. Le t-shirt que je lui ai donné a une sale couleur, vert-jaune délavé, ça lui donne un teint fatigué, et pourtant qu'il est beau. C'est un truc que j'ai du mal à définir, sa façon d'être jamais posé que sur une jambe, d'avoir toujours le sourcil froncé, je sais pas. Il a un truc. Je secoue la tête, parce qu'il n'a pas été méchant, et c'est pas grave. Il jette sa clope à peine tirée par la fenêtre.

J'ai hyper envie de t'embrasser. C'est bizarre que j'aie envie là maintenant ? Je sais pas pourquoi. Merde, c'est ultra-chelou. Je crois juste que ça déborde. Moi je sais pas dormir à côté d'une fille comme toi sans crever d'envie de   Mais je peux t'embrasser ?

Je hoche la tête, toujours à trois mètres. Pas vraiment parce que j'ai envie de l'embrasser, c'est plutôt un acquiescement général, oui c'est bizarre, oui tu as envie, oui quoi. Mais je hoche la tête et il comprend oui tout court.

En un instant, il se matérialise à distance de baiser. Il m'embrasse.

Je ne sens rien. C'est une lèvre au-dessus de ma lèvre supérieure, je ne sais pas où est l'autre qui est sienne, et sa langue qui rentre dans ma bouche mais ma langue ne la touche pas, il touche mes dents, je crois qu'il ne faut pas toucher les dents, quand on embrasse bien on ne touche pas les dents, si ?

Tu m'embrasses pas ? J'arrête si tu veux pas. Il me tient doucement par les épaules, moi je ne le repousse pas. Je ne te repousse pas. Je ne lui dis pas parce que ça se voit. Mes bras ne font rien, ils sont contre moi, je sens contre mon flanc à travers ma chemise mon propre bras, le coton un peu rigide de la chemise et en dessous mon sein et même mon sein il s'en fout.

Abel me regarde et parle encore. *C'est pas grave tu sais. Je suis pas là pour ça. Est-ce qu'il y a quelque chose que tu veux ? Est-ce que tu veux quelque chose ?* Et il a le soleil dans les yeux, le soleil qui réchauffe et ne veut rien en retour. *Nuria, tu veux quelque chose ?*

Pardon mais tu m'emmerdes.

Il sursaute presque. On ne sursaute pas dans la vraie vie, mais le mot doit servir à décrire cela, ce bizarre mouvement du corps, qui ressemble à un haut-le-cœur ou pire à un vomi qui se rétracte, pire qu'un haut-le-cœur, un sentiment qui se rétracte comme un désir qui s'avale, je ne sais pas ce que c'est ce mouvement-là, alors je lui demande

Qu'est-ce qu'il y a ?

J'ai l'impression que tu te fous de ma gueule. Tu veux que je m'en aille ? Je pars si tu veux, qu'est-ce que j'en ai à foutre moi ? J'en ai à foutre quelque chose mais je suis pas là pour moi. Si tu me veux pas

Mais je veux rien

Tu me veux pas moi ?

Quelquefois on sent qu'il faut toucher les gens, souvent on n'ose pas, souvent moi j'ose pas, mais parfois, rarement, parfois pourtant, j'ai envie de toucher des gens. Alors je touche Abel, je lui touche la taille, enfin je ne sais plus si les hommes ont une taille, mais je le prends au-dessus des hanches, à cet endroit où j'imagine qu'un mec comme lui, un mec foutu comme lui, un mec comme ça,

soudain le désir naît, j'ai ma main sur sa hanche, ou sur cette partie que certains hommes

ont

entre la taille la hanche, là où le muscle naît là où il y a cette fracture, un arc, c'est toujours un arc, comme cet arc dont Félix parlait, lui il parlait d'épaule, d'attache, de je ne sais quoi, moi ce qui me fascine c'est ce que je touche, cette partie inconnue de nous où le trait se forme, le muscle de la hanche au pubis qui volontiers fait un V chez les hommes, volontiers disparaît sous la chair chez moi

et je desserre sa ceinture, il m'aide d'une main pas tremblante, on dit d'une main de maître, on dit d'une main qu'est-ce qu'on dit je ne sais pas mais c'est une main qui sait et sa ceinture s'ouvre

je tire la boucle ça glisse je tire elle tombe sans bruit sur le tapis

un tapis à longs poils il a l'air doux la fourrure d'un ours

j'ai envie de le sentir

sous mes pieds, je m'accroupis

desserrer le lien quitter les sandales

pieds nus

accroupi lui aussi, il a enlevé ses baskets ses chaussettes heureusement

lui à genoux

je me relève, debout

son souffle contre ma culotte

est-ce qu'elle est jolie ?

je n'ai pas pensé à ma culotte, pas pensé à faire l'amour aujourd'hui, je pense même pas à faire l'amour maintenant mais il y a un homme qui souffle sur ma culotte et c'est chaud

Je le regarde. Pas le souffle mais l'homme. C'est Abel. Sur le point de devenir quelqu'un parce que enfin je le vois. Je me sens sur le point de le vouloir, maintenant que son irruption sur ma peau, à travers ma culotte, m'impose de le regarder. Il a déjà des pattes-d'oie et il me sourit encore.

en suspens, ses mains embrassent mes cuisses les saisissent

sa tête basculée en arrière pour voir mon visage là-haut

je touche sa joue sa barbe son menton

il ferme les yeux mais le soleil reste

il est dans ses boucles noires qui brillent il y a la lumière à travers un voilage orange ocre brique un nom à la con qui fait le malin

je touche ses cheveux ma main s'arrête tout en haut de sa nuque

je les tire un petit peu

il hausse les sourcils s'agrippent à mes cuisses

et saisit mon cul

il embrasse mon pubis

et son index lèche la pliure de ma fesse

s'attache à la peau rejoint

la peau fine un peu humide jusqu'aux poils en V

moi aussi j'ai un V peut-être pas si musclé

mais doux pareil

et son index s'apprête

à rentrer mais s'arrête
sur le bouton bourgeon
l'extrémité de ma petite épée
et plonge
c'est tout mouillé
je déglutis
son majeur vient tâter
avant de se lancer
il demande à son voisin si elle est pas trop froide
poule mouillée vas-y tu crains quoi le choc thermique
ils s'amusent tous les deux
et je ferme les yeux
je ne peux que sourire
quand on a le désir on n'a plus rien à dire

et ils se cognent et j'échappe au plaisir
qu'est-ce que c'est que ces doigts
à qui sont-ils où sommes-nous
mes iris jaillissent de dessous mes paupières
le rouge de derrière devient orange du salon
le salon de quelqu'un le tapis de quelqu'un
et en bas le visage de toi
index majeur interrompus regard d'Abel plus de soleil

je le sens qui demande sans mot dire
est-ce que tu me veux ?
un poignard dans mon ventre
un dard pas celui qu'on attendait
fait sourdre son venin et m'écœure
connard t'as pas vu où on est ?

Je le repousse, d'un coup de pied renversé, sur le cul tombé. Moi debout, pas encore conquise, culotte baissée pourtant.

J'entends la clé qui s'agite dans la porte d'entrée.

La porte de l'appartement s'ouvre.

Ah ! On m'est passé devant, il y a déjà quelqu'un ! Bonjour Mademoiselle !

Raclement de gorge, *Bonjour Monsieur.* Le monsieur dans l'entrée me sourit, il a les dents pas rangées. *C'est Félix qui m'a donné la clé.*

Je crache ça si vite, c'est pas moi c'est lui, c'est pas moi qui ai fait la bêtise, Monsieur, c'est pas moi je vous jure ! J'ai eu le temps de remonter ma culotte, boutonner mon jean. Pas eu le temps de zipper ma braguette. Je glisse deux doigts sous ma chemise pour enfermer le petit oiseau.

Quand je l'attrape, le regard du monsieur fixe mon entrejambe, et avant de remonter jusqu'à mes yeux, s'arrête sur un morceau de soutien-gorge qui dépasse de ma chemise. Je souris et ferme un bouton de plus.

Il me parle comme beaucoup d'hommes de son âge me parlent. Avec des Mademoiselle et des regards baladeurs qui ne se cachent pas.

C'est Félix qui m'a donné la clé, celui qui a pleuré, hier, enfin si vous y étiez. Au crématorium. Excusez-moi, je suis Nuria.

Nuria, Nuria ! Mais je s-sais qui tu es ! Guy Garcin. Mais appelle-moi Garcin.

Ah, vous saviez aussi. Que j'étais sa fille. Qu'elle avait une fille.

Oh, je crois qu'il n'y a rien d'elle que je n'aie su !

J'aimerais me dire qu'il y a quelqu'un dont je sais tout. Ça me semble incroyable – et je n'y crois pas. Quelque chose dans le naturel avec lequel ce type déclare tout savoir. Plus on sait, moins on le dit.

Abel se rhabille, je l'entends qui se cogne à quelque chose dans le salon. J'espère qu'il ne casse rien. Il est trop grand pour vivre en intérieur, comme on dit des gros chiens dans les appartements parisiens.

Tu as un si joli sourire !

J'imagine que je souris. Maja me disait toujours, quand j'étais adolescente, *Nuria, souris un peu, allez, fais la gentille fille.* Je n'étais pas d'un naturel très souriant, mais qu'importe le naturel quand il faut jouer à la jeune fille de la maison.

Je…, il désigne une porte à droite, *je vais me servir un petit quelque chose, qu'est-ce que tu aimerais ? Un jus de fruits, une grenadine ? Elle a certainement de la grenadine, elle adorait ça.*

Je prendrai comme vous. Abel invisible crie *moi aussi* depuis le coin du salon où il fait le pudique. Garcin surpris d'entendre une voix mais pas déconcerté déclare *alors je prends trois verres !*

Je vois Garcin à travers la vitre qui sépare le salon de la cuisine, il ouvre des placards. C'est un gros bonhomme, un ventre sur lequel on doit pouvoir poser quelque chose en équilibre, une tasse de café une radio un œuf coque au petit déjeuner. Il est en bras de chemise, et son ventre tend les boutons de sa chemise rose, prête à éclater, le monogramme G.G. brodé en blanc se déforme sur sa poitrine. Il a le sourcil broussailleux, c'est joyeux. La peau grêlée, des bajoues. Des golfes devant ses cheveux en pagaille, un peu trop longs, tout blancs.

Il passe devant moi, pose sur la table basse trois verres à pied et une bouteille de rouge. *Ça vous va ? C'est un graves, il faut aimer. Il est un peu t-tôt, mais vous avez dit « comme moi » !* Il verse le vin dans nos trois verres, nous fait signe de nous asseoir dans le canapé. Abel lui demande où sont les toilettes, il lance l'air gai *je vais me rafraîchir !* Nos quasi-galipettes lui ont fait de l'effet. Il me fait un clin d'œil en disparaissant dans le couloir. Il joue une complicité de gamins qui ont échappé au flagrant délit. Pas vexé, il n'a pas dû comprendre que je ne voulais pas de ses doigts en moi, ses doigts dans moi dans l'appartement de ma mère.

Je m'assieds sur le canapé, Garcin s'installe à côté de moi.

Alors alors, qu'est-ce que tu fais là ?

Rien de spécial… On était dans le salon, rien, non rien de spécial, voix tremblante de petite fille prise la main dans le pot de confiture.

Je t'ai déjà vue, tu sais ? Mais tu ne dois pas t'en souvenir. Garcin me regarde, perplexe. *Déjà à l'époque, tu ne lui ressemblais pas du tout !* Garcin touche mes cheveux crépus du bout des doigts. Son mouvement est tellement rapide que je n'ai pas le temps d'esquiver.

Je n'aime pas qu'on touche mes cheveux, encore moins des inconnus, encore moins des hommes.

Plus jeune, je me laissais faire. Ils me demandaient s'ils pouvaient voir combien leurs doigts s'enfonçaient dans mes cheveux. J'aimais attirer l'attention des garçons. J'avais déjà compris qu'il fallait attirer l'attention des garçons. Ils en ont fait un jeu : toucher ma « crinière » sans que je m'en aperçoive. Ça m'agaçait. C'est à cette époque-là que j'ai défrisé mes cheveux. J'avais douze ans, et une après-midi, je suis allée retrouver ma mère chez son coiffeur, après le collège. Ses cheveux, tirés par la brosse, chauffés par le sèche-cheveux, prenaient une texture incroyable, un moiré d'écaille presque rai de lumière pure.

Le soir même, en rentrant à la maison, j'ai demandé à Maja de défriser mes cheveux. Le picotement de la soude me montait les larmes aux yeux, je les retenais, de peur que Maja interrompe le traitement chimique. Je voulais les cheveux de ma mère. Lisses. Beaux. Quand je suis arrivée au collège le lendemain, Nathan, le plus beau garçon de la classe, s'est planté devant moi, l'air ahuri. Il s'est exclamé *mais t'es jolie en fait !* Le compliment m'a flattée. Aujourd'hui, j'en ai la nausée.

Ils touchaient comme s'ils n'avaient jamais vu ça, comme s'ils n'avaient jamais vu de Noirs, alors qu'il y a des Noirs en France, il y a des Noirs de France depuis deux cents ans.

Garcin en a eu, du temps, pour s'habituer au moelleux de mes cheveux.

Il me regarde l'air béat, et répète

C'est fou, vous n'avez rien en commun ! Évidemment, la couleur de peau, ça n'aide pas. Tu dois être le portrait de ton père, non ?

Pas vraiment. Un peu des deux, il paraît. Maja dit que j'ai ses mouvements à elle, et son esprit à lui.

Je ne l'ai jamais rencontré. Bel homme, j'imagine, comme tous les hommes qu'elle a aimés ! Garcin pose sa main sur mon genou, je ne sais pas pourquoi.

Je n'aime pas qu'il me touche. Il me regarde, en détail, me jauge du menton au nez au front aux yeux. Il sourit. Sa main tapote mon genou, j'ai l'impression qu'à chaque tapotement elle remonte sur ma cuisse, mais mon imagination transforme peut-être ce geste en quelque chose de sale, simplement une marque de tendresse à un enfant qu'on a connu, une vieille affection qui s'exprime bizarrement ? C'est moi qui dramatise, et je ne suis pas tactile, c'est moi qui suis mal foutue. Il essaie d'être gentil, oui, c'est ça.

Son regard en un éclair lorgne mon décolleté. On ne mate pas par tendresse, non, je ne suis pas folle, il a vu que je n'étais plus une enfant.

Mon corps se fige. Je ne sais pas s'il sent le muscle de ma cuisse se raidir, mais les tapotements cessent. Sa main reste sur ma cuisse, elle pèse lourd, j'ai l'impression qu'elle est collée à mon corps, elle est poilue, je veux qu'elle dégage et je ne bouge toujours pas. Allez, va-t'en, c'est facile, croise les jambes, la main tombera, mais je ne bouge pas. J'ai peur de le vexer, qui me parlera de ma mère alors ? J'accepte de payer le prix d'une main sur ma cuisse. Pas la peine de faire une scène. Pas grave pas grave pas grave. Mon corps a peur de lui, et rester immobile, devant un homme plus fort, plus grand, c'est rester prudente. Je ne sais pas s'il est homme à devenir fou parce qu'on le rejette. Au corps-à-corps, c'est moi qui perds.

Abel reparaît. Il entre dans le salon en essuyant ses mains sur son jean. Tout de suite, son regard tombe sur la main. Un ange passe. Je suis délivrée de ma pétrification. Je m'écarte brusquement, et ma cuisse s'échappe.

Garcin me demande *Mais qu'y a-t-il ?*

Aucune femme ne le repousse. Elles se laissent toutes toucher. Elles acceptent qu'il abuse du pouvoir dont son sexe, son âge, sa classe le dotent. Nous acceptons qu'il abuse de son pouvoir. Dans son monde, toutes les femmes rêvent que Guy Garcin leur caresse la cuisse.

Je lui réponds que tout va bien, je prends mon verre et fais semblant de boire une gorgée de vin rouge. Maja me disait quand j'étais enfant *si tu n'as pas fait exprès, je ne t'en veux pas, ma chérie*. Garcin ne fait pas exprès, il est programmé pour toucher ce qu'il veut quand il veut. Je ne lui en veux pas. Une petite combine de l'esprit qui m'aide à supporter ce genre de type.

Garcin nous demande ce qu'on est venus chercher dans cet appartement.

Nuria voulait, Abel me lance un regard qui demanderait mon approbation, *elle voulait apprendre des choses sur sa mère. Voir qui elle était. Comprendre pourquoi… enfin pourquoi en général quoi.*

Vaste programme ! Garcin dit ça d'une voix de nez un peu grelottante. Peut-être sa façon de ricaner.

Et vous, qu'est-ce que vous faites là ? Je demande.

Moi je suis venu chercher les albums ! Tiens j'y vais alors, comme ça tu verras. Son centre de gravité déplacé dans son ventre, il doit osciller d'avant en arrière deux-trois fois avant de trouver l'élan de se lever. Il disparaît derrière une porte.

Abel s'assied à côté de moi sur le canapé. Il n'a pas l'air d'avoir compris pourquoi j'ai bondi quand il est revenu. Tant mieux, c'est déjà oublié. Je ne suis pas ici pour faire la leçon à Garcin. Ce n'est pas la première fois que je regrette d'avoir laissé un homme me toucher. Pas la première fois que je vis ce paradoxe : sur le moment, j'étais tétanisée par Garcin, il exerçait sur moi un pouvoir indiscutable ; quelques minutes après, je ne saurais pas expliquer ce qui m'empêchait de le repousser. Il est vieux, et pas si grand, il ne me tient ni par des menaces ni par des promesses. J'aurais pu me soustraire à lui. C'est une mémoire du corps qui m'en a empêchée. La mémoire collective des femmes pragmatiques. Plus à perdre qu'à gagner.

Je me suis souvent demandé ce qu'était le pouvoir. Quelque chose de ça : tu m'imposes ta volonté et ça ne te suffit pas – tu sèmes le doute en moi, et je ne peux plus t'en vouloir parce que je ne sais plus ce que je voulais, moi.

Abel tape les coussins du canapé, il se met à l'aise.

Tu vas lui demander quoi sur ta mère ?

Il y a tellement de trucs que je sais pas. Tellement de vides, tellement de questions que j'ai aucune question. Trop de choses à rattraper.

Y a plus rien à rattraper, Nuria. Elle est morte. Fini. Temps écoulé. Il me l'a murmuré comme on murmure à un enfant que Bob le poisson rouge est parti pour toujours, *mais si tu appuies sur la chasse d'eau ma chérie, Bob rejoindra le paradis des poissons rouges.* Mon premier animal de compagnie était un poisson rouge gagné à la fête foraine des Tuileries. Papa le nourrissait lui-même, mais j'avais un plan. Je voulais l'emmener à la Martinique avec moi cet été-là, pour que nous nagions ensemble dans l'océan. Il fallait qu'il grandisse vite, on était déjà en mai, alors je le nourrissais en cachette la nuit. Il est mort très vite. J'étais dévastée. J'ai compris plus tard que je l'avais gavé jusqu'à l'explosion. Pauvre Bob. Papa lui a organisé des funérailles dans les toilettes. J'ai prononcé un discours simple qui rappelait notre rencontre heureuse, moi un cornet de churros à la main, lui les yeux écarquillés dans son sachet en plastique. Papa m'avait chargée du dernier adieu : tirer la chasse. Je n'ai pas pu. Je ne voulais pas que Bob s'en aille, et, surtout, je ne voyais pas ce que lui ou moi avions à y gagner. Papa m'a longuement expliqué ce qu'était le paradis : *un endroit où les choses sont possibles.* Alors que dans la fin, la mort, plus rien n'est possible. Je crois que c'est de cet épisode que date mon dégoût de toutes les fins, les au revoir, les dimanches, les mois de décembre.

En repensant à Bob, je comprends que la mort de ma mère, comme la chasse d'eau, ouvre un paradis où la vie est plus vaste que le bocal ante mortem. Il suffit d'accepter que Bob ne reviendra jamais.

Garcin reparaît, un grand album dans les mains. Format paysage, couverture en raphia rouge. Il caresse l'objet et ses yeux pétillent : *Regardez-moi ça !* Il a un sourire malicieux, malgré les marques violentes de la vie vécue – les cheveux, les dents, la peau. Il a un joli sourire. Et un accent aérien de l'ouest de Paris.

Il s'insère entre nous deux sur le canapé, malaisé, Abel et moi éjectés, chacun une demi-fesse écrasée contre l'accoudoir. Je déteste le contact de sa jambe contre la mienne. Je m'assieds sur l'accoudoir. *J'ai ch-choisi le plus rigolo de tous !* L'album posé sur ses genoux, il boit une gorgée de vin. Moi toujours pas. Il est onze heures du matin.

Alors qu'il fait tourner les pages si vite que nous ne voyons rien, il explique qu'hier au cimetière, les histoires de jeunesse, les souvenirs, les anecdotes lancés dans un demi-sourire demi-larme lui ont donné envie de revoir ces photos. Je n'ai écouté aucune de ces histoires, la seule image que je garde, c'est la gerbe de fleurs qui frétille sur le cercueil alors qu'il disparaît derrière la trappe.

Il suspend son feuilletage. *Ah ! Le bureau !*

Sur une double page, une vingtaine de photos de toutes les tailles, tirages classiques, photomatons, polaroids, découpages de silhouettes, toutes prises de nuit, au même endroit : une pièce pas si grande, meublée d'un bureau de designer américain en métal et verre, deux fauteuils Wassily tubulaires, une table basse massive en écaille de tortue, une moquette vert sapin. Au mur, des peintures que je crois reconnaître, des Chagall accrochés pas droit, trois ou quatre portraits d'Andy Warhol, Marilyn, Mick Jagger, et d'autres que je ne reconnais pas. Chaque photo est un fragment et je ne peux pas reconstituer la pièce dans son ensemble parce que les meubles sont parfois renversés, souvent couverts de verres, bouteilles et cartes à jouer, les tableaux sont cachés par des gens qui posent, qui rient, qui boivent, les tableaux sont brandis par des gens qui jubilent, et il y a une photo

C'est vous sur ce Warhol ?

Ah non ! C'est un portrait de mon père. Il a été l'un des premiers à reconnaître le t-talent d'Andy, à ses débuts à New York. Qu'est-ce qu'il était fier de ce tableau ! Il était même sur sa carte de visite... Guy Garcin et sa tête en jaune et bleu pétants. Oui, il m'a donné son prénom, il était franchement mégalo, ha ! Moi, je suis là, avec ta mère, regarde.

Il me montre une petite photo dans le coin, avec une brochette de jeunes, bras dessus bras dessous, surexposés par le flash, des filles sublimes dans des robes multicolores, des types en pantalons à sequins et boas volants, brandissant des coupes dont le liquide s'échappe. À l'extrême gauche, Garcin, beaucoup plus jeune qu'aujourd'hui, la petite trentaine, le même air, cette même drôle de tête à qui on n'a pourtant rien de particulier à reprocher, souriant à la caméra, et sur son épaule, une main manucurée de rouge, qui appartient à ma mère. Ma mère, un sourire aux lèvres jointes mais joyeux quand même, dans une longue robe décolletée, les cheveux bruns retenus en un chignon qui a trop vécu, les mèches s'envolent. Jeune, si jeune, plus jeune que Garcin.

Au-dessus, une autre photo, où une toute petite femme est dans les bras d'une autre, portée comme une enfant qu'on va coucher, comme une mariée qu'on rapporte chez soi, et la toute petite femme est en culotte, seins nus, les cheveux noirs coupés à la garçonne, et celle qui la porte est si maigre et si rousse, et je ne vois pas son visage parce qu'elle a la tête basculée en arrière et les cheveux balaient presque la moquette verte, mais

C'est Salomé ?

Ah, tu connais Salomé ? Un ton étrange, déçu peut-être. *Très belle femme. Le seul problème, c'est qu'elle le sait !* Grand rire. Je lui demanderais bien pourquoi c'est un problème, qu'une femme sache qu'elle est belle, mais il ne m'en laisse pas le temps. *Elles étaient tout le temps fourrées ensemble à cette époque.* Il sourit mécaniquement pour chasser ses pensées. *Le Bureau ! Qu'est-ce qu'on s'est amusés, ah ça ! Mes plus belles années, et mes plus belles nuits... Ça avait été le bureau de mon père, avant sa mort, et je l'ai transformé en QG de b-beuveries, quand j'ai repris les rênes de la galerie. Enfin, quand il est mort ! Les rênes, je les tenais bien lâches... Qu'est-ce qu'on a fait comme c-conneries dans le Bureau !* Il raconte ses histoires avec des mots – j'ai toujours cru qu'on racontait les souvenirs avec des émotions. Il soupire. *Ta mère, elle était pas comme les autres. Comme p-personne d'autre. Eux, ils voulaient tous quelque chose, mais pas ta mère, non…* Ses yeux vagues en disent plus, mais ses lèvres se closent. *Attention, mon petit,* il ferme théâtral l'album, et vers Abel, en me tournant le dos, *il faut les faire, nos conneries ! C'est tout ce qui tient en vie dans ce monde de dingues !*

Garcin pose l'album sur la table basse, quitte sa place exiguë entre Abel et moi sur le canapé, marche jusqu'au portemanteau de l'entrée et fouille dans les poches d'une veste de femme. Il en sort un briquet et rallume un mégot de cigare qu'il a tiré d'une de ses poches à lui.

Je tends la main vers l'album, passe mes doigts sur le raphia et l'ouvre. Il y a des soirées au bord de la mer, des femmes en robes longues qui marchent sur le sable les pieds nus, des tablées gigantesques devant des villas italiennes, une troupe sur un bateau le soleil au zénith, des gens toujours des gens, j'en ai peut-être vu certains hier au Père-Lachaise mais j'invente sans doute, et perdues parmi tous ces gens, des photos bizarres : un halo de surexposition qui doit être le soleil dans le ciel, une brosse à dents sur le rebord d'un lavabo à tuyauterie dorée, un poisson mourant dans un fond de cale mouillé. Des photos d'été.

Garcin crapote lent et puant son cigare, en regardant par la fenêtre, immobile. Il ne peut pas voir d'ici le faubourg en bas, mais peut-être quelqu'un dans l'immeuble d'en face, mal foutu, il mérite un ravalement. On n'entend rien d'autre que ses inspirations et des éclats de voix ailleurs. Trois bouffées de cigare, Garcin se transforme en automate à vapeur. Il disparaît dans la fumée et le silence. Derrière lui, les vestes et manteaux accrochés aux patères imitent une foule fantoche. Au Bureau et sous mes yeux, Garcin est entouré de faux amis qui ne lui arrachent pas son regard d'homme seul. Pendant ces folles soirées, je l'imagine quitter l'agitation, aller fumer son cigare, regarder par la fenêtre, pour éprouver sa vraie solitude, tellement plus sincère que celle qui lui a collé au cœur toute la nuit. Au moins, la solitude de la clope de fin de soirée, on la choisit.

Le regard toujours perdu loin, une de ses mains s'accroche à la veste où il a trouvé le briquet, elle agrippe la manche, une main d'enfant, t'en va pas, s'il te plaît. La main reste alors qu'il tire une quatrième fois sur son cigare.

Il lâche la manche et, comme si le silence et le bruit pouvaient se succéder sans excuse, il demande comment elle est morte. Abel me devance.

Elle s'est suicidée.

Évidemment ! Chaque consonne s'étire entre ses lèvres. *Jamais deux sans trois !* Clin d'œil. Il tire sur le cigare. *Il y a un certain chic à partir comme ça, l'air de dire, c'est moi qui décide, non ? Je trouve ça très impressionnant. Moi, je n'oserais jamais, par exemple.* Il en parle comme d'une candidature au conseil municipal, avec une admiration assez extérieure, l'air de penser qu'il faut du culot mais qu'au fond, ça ne le tenterait guère. *Non, je demandais comment, comment elle s'est suicidée. Je vois bien un scénario à la Chamfort. Elle a toujours été un peu maladroite, c'était tout à fait attendrissant ! Ma bichette…* Il a le sourire pétillant de ceux qui aiment et survivent. *Je la vois bien, pas avec un pistolet rouillé et un coupe-papier, mais plutôt, je dirais… Elle se serait ouvert les veines et ça n'aurait pas marché, alors elle aurait tenté de se noyer dans son bain, mais,* le rythme de sa voix s'accélère, monte dans les aigus, il s'excite, *affaiblie par le sang perdu, elle se serait évanouie en attendant que l'eau du bain coule, et paf, elle se tape la tête contre le porte-rouleau de PQ, et à moitié morte, paralysée, elle se vide de son sang des heures durant. Ma bichette ! Je l'imagine se dire un instant avant la fin « cet appartement, il était parfait, mais vraiment, les toilettes dans la salle de bains, c'est invivable ! ». Oh, ne faites pas cette tête ! Elle était d'un snobisme…* Il éclate de rire. Une drôle de tête pour un drôle de type.

Abel dit simplement *elle a pris des cachets.*

Ah bon ? Pourquoi pas. Il continue de tirer sur son cigare. À chaque bouffée, l'odeur du cigare domine celle de l'été à Paris – un mélange de bitume surchauffé et de rayons de soleil qui éclairent des poussières. Je respire le cigare. Lichen tiède avec un soupçon de pourriture.

Tu te souviens qu'on s'est déjà rencontrés ? Plusieurs fois, d'ailleurs, mais plutôt quand tu étais enfant.

Je ne me souviens pas.

La dernière fois que je t'ai vue, c'était à un vernissage, ta mère participait à une expo collective, dans une petite galerie à côté des Beaux-Arts. Mais on ne s'était pas parlé, tu étais partie vite. Garcin s'interrompt et je hoche la tête, alors il continue. *Elle a un album réservé à sa peinture, il y a peut-être des photos de cette exposition, je vais voir !* Il pose son cigare dans un cendrier en forme de coquillage sur le buffet de l'entrée, et disparaît.

Abel à côté de moi sur le canapé prend ses aises. Il croise une jambe sur l'autre, ouvre son genou, délasse son dos contre les coussins.

Il est marrant ce mec, non ? Après les autres, c'est quand même plus sympa.

Il te plaît parce qu'il est comme toi, pas effrayé par le drame.

On a tous des vies dramatiques, hein. Tous en phase terminale de quelque chose. Ses propres mots le font sourire.

Je ne sais pas. Quelque part dans ma tête ou mes sentiments, quelque part dans ma honte, je doute. Je me suis toujours défendu d'avoir une vie dramatique. Mon père m'a aimée avant de mourir bêtement dans un accident ; ma grand-mère m'a aimée, m'aime et me l'a toujours montré. Tous mes besoins ont été assouvis, souvent même mes envies. Aujourd'hui, j'ai toujours l'amour de Maja. Ma vie n'est pas dramatique. Mon père est mort et je n'en ai que de bons souvenirs, il ne m'a pas manqué, il ne me manque pas. Ma mère, je n'en garde presque aucun souvenir. Elle me manque plus que je me souviens d'elle.

Ça n'est pas gai, mais ça n'est pas dramatique. Il y a des enfants qui crèvent de faim quelque part, d'autres battus, violés, par des dingues ou leurs propres parents, alors comment ne pas avoir honte de sa mélancolie ? Abel et Guy, eux, voient le drame, d'envergure variable mais drame toujours, ils admettent le drame, et ils en rient.

Abel précise *il me fait marrer, mais tu le sens pas net, quand même.*

Sans blague. Mais ce n'est pas sa façon de s'immiscer là où on ne l'a pas invité qui le rend inquiétant. Un ton de voix préfabriqué, on sent qu'il ne dit pas tout. Il sourit trop, il rit trop, il boit trop pour un homme sincère. Il dit les choses comme si on les lui avait dictées. J'ai d'abord cru que cette impression était due à son élocution ralentie par la cadence bourgeoise. Mais c'est autre chose. Je ne sais pas quoi.

Garcin reparaît, le souffle court, il tient sous son bras un album plus petit. *Ah, il fait noir comme dans le cul d'un Nègre dans ce placard ! Oh pardon.*

Je l'ai pas pris pour moi, il fallait ? Je crache ça en retenant un rire nerveux.

Hé hé… Bon, j'ai fini par trouver l'album ! Qu'est-ce que vous racontiez ?

Je réponds *on disait que la vie c'est dramatique.*

Ah ça ! Je ne suis pas un vieux sage, à peine un vieux schnock, mais j'ai vécu, ça oui, et je peux vous le dire, à vous : la vie, c'est une série d'emmmmmerdes, ponctuée d'à peu près trois shoots de j-joie en tout et pour tout, dont on ne se remet jamais et qu'on passe le reste de son temps à fantasmer. Et moi, j'ai eu de la chance... Je n'imagine même pas les pauvres !

Encore ce sentiment que ses mots ne sont pas les siens.

Ravi de son trait d'esprit, Garcin me tend l'album, *regarde*, et se laisse choir dans son fauteuil.

Il n'y a qu'une photo par page. Abel se rapproche de moi, Garcin se désavachit et tend son cou pour y voir quelque chose. Garcin commente *c'était au début, bon, je trouvais ça un peu cucul.* Ce sont des photos d'esquisses, des morceaux de corps, dessinés dans des couleurs vives pas réalistes, une poitrine vert et bleu, un genou orange. Je tourne les pages. Les traits disparaissent et le médium change. Des huiles sur toile gigantesques. Je reste coincée sur un tableau beige et violet. Pas sûre qu'il soit abstrait, mais je ne reconnais rien. Je tourne l'album, essaie un autre angle. À l'envers, je le vois : sous un œil qui dépasse du cadre, un énorme cerne violet. Rien que le sillon, les cils inférieurs, les pores grossis. Je saute aux dernières pages. *C'est moi qui lui ai conseillé de tendre vers l'abstrait ! Ça marche beaucoup mieux ces temps-ci.* Le même format exagéré, et encore des corps amputés défigurés. Des bribes de corps. Un coude strié et sec, jaune, aussi grand qu'un canapé, sur un autre tableau, quelques dents derrière une lèvre fendue. Je n'ai jamais vu ça. De loin, on dirait les cubes en camaïeu de Josef Albers, de moins loin, les abstractions organiques d'Huguette Caland. Je suis tentée de faire la maligne, mais je me retiens. Parler d'art, c'est comme parler de gens. On dit toujours trop ou pas assez. C'est Maja qui m'a appris ça. J'étais souvent dissipée quand elle m'emmenait au musée. Ça m'ennuyait de regarder des trucs accrochés au mur, et j'étais jalouse de ces trucs, parce que Maja leur accordait beaucoup plus d'attention qu'à moi. Alors pour lui montrer son erreur, je lui faisais remarquer à quel point les tableaux étaient laids. *Le bébé on dirait un vieux monsieur, Maja, et regarde le lion il ressemble à une vache !* Maja mettait un doigt sur sa bouche, et dans un sourire, elle me disait *un homme, une femme, une œuvre d'art, ça ne se discute pas. Ça s'aime.* Je ne savais pas exactement ce qu'aimer voulait dire, mais j'avais le sentiment d'avoir accès à un secret d'adultes, d'une espèce que Maja appelait la *sagesse*. Alors je l'imitais, et je fixais les tableaux en silence. Je m'ennuyais avec sagesse.

Je peux comparer les œuvres de ma mère à tel ou tel artiste, mais quand je les regarde de près, elles ne ressemblent à rien de ce que j'ai vu ailleurs. Ça me plaît. J'ai le cœur qui se soulève, à peine. Un mélange de joie, de fierté même, et de douleur. Elle ne m'aura jamais montré qui elle était.

Je tourne une page de l'album. Quatre portraits de ma mère devant des toiles qui pourraient être les siennes, mais on ne sait pas – ce n'est pas le sujet. Le sujet, c'est elle. Un œil et une mèche brune. Un grain de beauté sur une épaule. La colonne vertébrale d'un corps sur le sol, la durée d'exposition l'a floutée quand elle s'est retournée.

Qui a pris ces photos ?

Oh un de ses am-mis, ou un de ssses am-amants plutôt.

Félix ?

Garcin renifle avec un violent mépris, se repent de ce mouvement, ricane l'air de rien et murmure *non, pas ce petit morveux, bien avant.* Il boit une gorgée de vin, et ajoute à un volume intelligible *elle disait qu'il s'appelait Shep. Un Américain, je crois, je l'ai toujours imaginé idiot et vulgaire, comme tous les Américains, ha ha ! Jamais rencontré, tant mieux. Elle racontait qu'ils allaient se marier, et vivre sur son bateau, faire le tour du monde ! Ça n'a pas duré longtemps.* Il s'interrompt et ajoute *tu sais qu'on a failli faire le tour du monde tous les deux, avec ta mère ? Je voulais l'emmener dans les plus beaux endroits du monde. On devait commencer par le Sénégal. C'est différent là-bas, tous les hommes blancs sont plus riches que toutes les femmes, je me fondais dans la masse !* Il rit.

Ça me surprend. Un commentaire pas beaucoup plus cynique que les précédents, mais – ce qui me surprend, c'est que Garcin admette rechercher un espace où abuser librement de son pouvoir. C'est rare, un homme qui admet posséder un pouvoir dont il peut abuser. Je suis surprise que Garcin soit un de ces hommes-là. Il est de ceux qui ne sont pas assez lâches pour prétendre que leurs abus ont été consentis. Ils font usage de leur pouvoir, et violentent ceux qu'ils dominent, mais ont le courage d'admettre profiter du déséquilibre du monde. J'ai mis longtemps à faire la différence entre ceux-là et les pires, ceux qui ne voient pas le mal. Garcin, lui, voit le mal. Ça ne l'arrête pas, mais il le voit.

Abel demande à Garcin, comme s'il planifiait ses prochaines vacances *vous connaissez bien le Sénégal ?*

J'ai découvert le pays grâce à un ami sénégalais, un artiste génial, Abdoulaye Sy, vous connaissez peut-être ? Je ne le connais pas. Garcin nous apprend que c'est un photographe qui travaille sur les communautés marginales. Il a rencontré Sy alors qu'il venait d'arriver à Paris, une série de photos sous le bras, qu'il cherchait à faire exposer. Entre la photo documentaire et la photo de mode, des portraits d'amis queers rejetés par la société dakaroise, qui se réfugiaient dans les clubs et la nuit. Sy prenait des photos de ceux qui se cachaient, dans un pays où l'homosexualité est une déviance punie d'emprisonnement.

Moi, les pédés, c'est pas spécialement mon truc. Mais il avait un talent monstre. Ses photos m'ont montré la grâce d'un corps d'homme. La grâce. Garcin parle de grâce. *Mais c'était trop tôt ! Personne ne voulait voir ça à cette époque. Des corps d'hommes réalistes et sexuels, pas du romantico-michelange ! On était en quatre-vingt-treize, quatre-vingt-quatorze, ça n'existait pas, ce genre de photographie. Il y avait eu une seule petite expo de Mapplethorpe au début des années quatre-vingt-dix, en galerie, avec quelques nus masculins, mais pas les plus forts, et pas les corps noirs. C'était bien avant l'immense rétrospective Mapplethorpe de 2014 au Grand Palais.* J'ai déjà vu certaines photos de cet artiste. Des hommes qui deviennent des formes, des détails de muscles, de sexes, en noir et blanc. Une impression étrange, entre l'excitation érotique, l'admiration esthétique et la fascination clinique.

J'ai toujours trouvé le travail d'Abdou plus intéressant que ce que faisait Mapplethorpe. Mais Mapplethorpe, il était blanc, ça lui donnait une chance de percer ! Il a fallu un photographe blanc pour qu'on regarde des corps de Blacks.

Un compositeur de corps ou un voyeur, je ne sais plus. Avant que j'aie le temps de réarranger mes idées, Abel pose une nouvelle question

Vous vouliez lui montrer quoi au Sénégal ?

Abdou m'a invité plusieurs fois à Dakar. Il m'emmenait partout, dans des bouges pas possibles, des clubs clandestins où tous les inadaptés échouaient. Il testait mes limites, mais je le suivais ! J'ai rencontré des gens que je n'aurais jamais imaginé rencontrer. Je n'aurais pas emmené ta mère dans ce genre d'endroits, mais j'aurais aimé qu'elle me voie comme ça.

J'ai déjà goûté à ce sentiment : l'ivresse de l'inconnu. J'ai cru que c'était une euphorie d'explorateur, voyage en terre inconnue, un trip à la Indiana Jones. Mais c'est autre chose. Quand je suis ailleurs, l'inconnu, c'est moi-même. Personne ne me connaît et je peux devenir n'importe qui.

Garcin aurait voulu qu'elle le voie comme il était là-bas. J'ai du mal à l'imaginer au fin fond du Dakar d'il y a trente ans. Il joue si bien le rôle du party boy triste que j'ai du mal à croire qu'il ait eu envie d'en jouer un autre. Quoique, là-bas, il jouait le party boy babtou. Pas si différent. Sa recherche de l'inconnu ne l'a pas mené bien loin de celui qu'il est chez lui. Il a même choisi un pays où son histoire lui colle à la peau : au Sénégal, il fait tache. Un Blanc dans un monde de Noirs. C'est peut-être inévitable, pour un homme comme lui, de se sentir bien là où les autres savent qu'il est puissant.

Finalement, on n'a jamais fait le tour du monde ensemble, parce qu'elle a rencontré cet Américain. Moi je suis parti me consoler chez Abdou, et on a fini par travailler ensemble. J'ai monté sa première exposition parisienne ! Garcin est fier. Le sauveur a sauvé. Je le juge durement, mais il est vraiment ému de ce souvenir, sa voix est montée dans les aigus. Même les sales types font leur B.A.

Garcin tourne quelques pages de l'album. *Ah voilà, c'est ça. C'est l'exposition dont je te parlais, que tu as vue ! Sa dernière exposition, d'ailleurs. Le genre d'expo à la mode ! Maintenant, tout doit être engagé, responsable, tout doit vouloir dire quelque chose… Je n'y comprends plus rien, ha ha ! Comment voulez-vous, moi qui ne veux rien dire du tout…* Il rit, et nous aussi, par mimétisme.

C'est votre galerie qui la représentait ?

Il bafouille *n-non, ce n'est pas le genre de choses que   mais j'aurais aimé, on en parlait souv-vent. Elle était terrrriblement talentueuse, oui, mais,* il hésite, *pas encore assez mature peut-être ? En tant qu'artiste ! Le marché de l'art, c'est une jungle,* il prononce le un de jean-gle comme dans une vidéo d'archives d'Antenne 2, *féroce oui, et il faut travailler, ta mère, ça, elle n'aimait pas ! Elle voulait plus la vie de b-bohème que la vie d'artiste. Et l'artiste n'est rien sans le travail. Rien.* Son bégaiement jusqu'ici discret secoue tout son verbe, un tremblement essentiel de la voix qui avoue   quoi ? Je ne sais pas. Il insiste sur le monde de l'art, si dur, il répète son talent, il répète qu'il a été un guide pour elle, qu'elle devait lui présenter de nouvelles toiles, que bientôt, oui bientôt, il aurait pu l'aider. C'était elle, elle qui n'était jamais prête, elle accumulait les excuses pour ne rien lui montrer. Elle n'était jamais satisfaite. Il a fait tout ce qu'il a pu.

Je l'entends me parler de ma mère comme de sa protégée, et je l'imagine captive de ses promesses. Il agitait la carotte d'une main alors qu'il tenait le bâton de l'autre. Je ferai de toi une artiste ; tu n'es pas assez douée, ma chérie. C'est un jeu pervers, mais ses bégaiements, ses rêves de tour du monde en amoureux, son dédain à parler des hommes qu'elle a aimés, me soufflent qu'il ne s'est pas toujours plu à la tenir en otage.

Il a une drôle de tête et un drôle de cœur, cet homme.

Garcin, son verre de vin vide, sourit les dents noircies, et lance joyeux, le tremblement parti *il a un petit goût de revenez-y, ce graves, non ?* Nos verres intacts lui répondent, mais il ne les regarde pas et se sert tout seul. Il trempe ses lèvres comme s'il goûtait le vin pour la première fois, *hmm délicieux oui délicieux !*

Abel me regarde en coin, lève les sourcils, ils disent *allez vas-y accouche.*

Je voulais vous demander. Pourquoi elle s'est suicidée ?

Figé quelques secondes, il me sonde ou se sonde lui-même. Il boit une nouvelle gorgée de vin, lance une onomatopée entre le *bah* et le *pff* et s'exclame dans un rire *C'est nous qui sommes fous, à ne pas faire comme elle ! Ça vous arrive de lire le journal ?*

Ça bringuebale en Haïti, ils meurent par pelletées, et ça tabasse des Iraniennes, ah ! On sait même plus ce qui arrive aux Libanais ! Et notre maison brûle, il paraît ! On finira tous crevés ! Et il rit encore.

Ses mots sonnent faux, empruntés à quelqu'un de plus méchant. Il joue mal le rôle du sans-cœur. Je crois qu'il aimerait pouvoir changer de peau, et n'en a pas la force. On est tous nés quelque part, mais peu d'entre nous naissent si bien qu'ils ne sont même pas tentés d'aller voir ailleurs. Garcin est au sommet, il n'a aucune raison d'aller voir le monde avec d'autres yeux.

Les Haïtiens, les Iraniennes, les Libanais, c'est dingue qu'il y pense même. À croire qu'il cache derrière son cynisme violent une drôle d'empathie.

Je ne peux pas retenir un sourire. Ni de la moquerie, ni du sadisme. Je suis rassurée. Je me demandais comment ma mère avait pu être amie avec un type pareil. J'ai compris : c'est un faux sale type.

Personne n'a plus rien à dire. Un courant d'air agite le rideau. Un ange passe. J'aimerais croire aux anges et la voir elle. Mais je ne vois qu'un silence trop long entre trois couillons qui ont trop chaud. Le soleil flambe le jour où les mères meurent. J'ouvre les boutons des manches de ma chemise, les roule jusqu'aux coudes. Mes yeux tombent à nouveau sur le tapis, et mes orteils qui n'ont jamais rechaussé mes sandales se contractent sur ses poils doux. J'ai faim.

Garcin se lasse du silence. *Je ne voulais pas te brusquer, tout à l'heure, Nuria. Ta mère, c'était une femme extraordinaire. Elle voyait à travers les voiles. C'est la seule qui m'ait compris, et qui ait accepté l'homme un peu bancal que je suis.*

C'est amusant, les mots de consolation qu'ils me donnent tous. On me parle d'une étrangère, avec douceur, ce n'est pas désagréable, mais je ne m'en émeus pas beaucoup. *Ce doit être difficile pour toi, de ne pas lui avoir dit au revoir.*

Je lui ai dit au revoir il y a cent ans, avant même ma naissance, avant même mon existence, dans une vie antérieure qui m'a préparée à ne pas avoir de mère, à survivre à son absence. *On ne s'est jamais vraiment dit bonjour.*

Garcin sourit. Il baisse les yeux, joint ses mains, l'air vieux, presque éteint. Il courbe la nuque. *Ta mère, elle n'a jamais pu, elle n'a jamais su*

Il ne termine pas sa phrase. Elle n'a jamais su aimer? Ses sourcils se froncent. *Moi non plus, je n'ai jamais pu. J'avais peur, je crois.*

Le verre de vin des Danaïdes, les histoires de fête, de nuit, les rires gras, un écran de fumée au travers duquel je vois le regard triste d'un homme joyeux. Brièvement, il apparaît après un battement de cils plus rapide que les autres. Il a l'éclat pâle de la lune déjà levée un soir d'été, le ciel est encore bleu, le soleil pas parti et elle est déjà là.

Peur de quoi?

Il frotte l'intérieur de sa paume avec son pouce, ses cheveux blancs tombent sur son front, ils flottent sur sa tête, la couronne grisâtre d'un roi malheureux. Peur de ce qui aurait pu se passer, s'il avait desserré les chaînes? Peur de ce que ma mère aurait fait, s'il avait levé son emprise?

Garcin a raison, c'est une malédiction, de naître où il est né, pas parce que l'argent attire les parasites, mais parce que jouer un rôle, c'est se faire prisonnier. Son héritage lui a donné les verres toujours pleins et les nuits jamais seul, et pour ne pas risquer de renoncer à ces plaisirs, il ne s'est pas demandé ce qu'il y perdait.

Je ne sais pas, moi, ce qu'il y a perdu, mais ça n'a pas d'importance. La chose terrible, c'est que lui non plus : il ne sait pas qui il aurait été, qui l'aurait compris, qui l'aurait aimé. Tout là-haut, on marche forcément sur quelqu'un. Même les jaïns, attentifs au moindre insecte, écrasent quelques fourmis. Garcin ne regarde pas où il marche.

Il se redresse soudain. L'instant de lune s'est évaporé. Plus rien d'un petit vieux rond, il est redevenu le gros gaillard, certes vieillissant, mais plein, de vie, d'histoires, avec ses avant-bras velus sur lesquels il remonte ses manches roulées comme les miennes, et son cou à révolutions ondoyantes, et ses dents bancales faites pour sourire des bêtises qui sortent de sa tête étrange, pas belle, striée, de rides, de minuscules cicatrices, de poils en broussaille, sa tête faite pour égayer celle des gens qui le croisent.

Oh peur de rien, de tout… Plus on vieillit, plus on a de peurs, ah ça ! Plus on vieillit, plus on connaît le monde, plus on le craint et plus on se ment, à combattre nos terreurs par des certitudes. Son sourire tordu est revenu. Il me fout le cafard. Toute sa personne est tordue et je ne le supporte plus. Je lance en fixant Abel

Nous, il va falloir qu'on y aille, là.

Déjà ? Mais il y a plein d'autres d'albums, tu ne veux pas voir ?

Si, mais pas avec lui. Il donne à tout une saveur amère. Je me lève, Abel m'imite. Je remets mes sandales, dis poliment au revoir. Je prends Abel par le bras, la clé que Félix m'a donnée, sors de cet appartement tombeau, y laisse Garcin. Je prie pour ne jamais le revoir.

La porte se referme, mes épaules se relâchent. Abel me demande si ça va, je dis *On se casse ?*

T'as faim ?

J'acquiesce et Abel me parle d'une sandwicherie kurde qu'il connaît, elle est à deux minutes. On descend et on se met dans la queue devant la cuisine ouverte où les types roulent les pâtes, hurlent le numéro des commandes, glissent violents leur gigantesque spatule dans le four à galettes. Derrière la vitre, ils transpirent à s'agiter, et dans la rue les passants transpirent à courir après on ne sait quoi. Je n'ai jamais compris après quoi les gens courent le dimanche.

On prend nos lahmajoun, on s'installe sur la terrasse brumisée, les fesses en équilibre sur de drôles de tabourets bas, ambiance salon méditerranéen.

Ta mère, c'était une femme libre. Abel lance ça comme ça, ça devait lui trotter dans la tête.

Tu penses ? Marrant, je me demandais qui était le moins libre. Elle, Garcin ou Salomé ? Abel ne répond pas. *Aucun d'eux n'a eu ce qu'il fallait de chance et de courage à la fois pour être libre.*

La chance d'avoir le choix, le courage de se demander pourquoi on fait les choix qu'on fait. Garcin, Salomé, ma mère ont tous les trois vécu comme si d'autres qu'eux tiraient les fils, et se sont plus intéressés à profiter d'un ordre du monde déglingué qu'à leur propre rôle dans l'effondrement. Chacun à sa place et tout va pour le mieux dans le meilleur des mondes.

Mais si je devais en choisir un des trois, ce serait Salomé, la plus libre. Les deux autres se voilent la face : Garcin se dédouane d'être prédateur en faisant des blagues ; ma mère n'a avoué à aucun de tous ces gens qu'elle ne les avait pas aimés. À moi, jusqu'à la dernière fois, elle n'a pas avoué qu'elle ne savait pas m'aimer.

Salomé, elle, admet qu'elle a séduit, manipulé, pris ce qu'il y avait à prendre. Oui, elle accuse les hommes de beaucoup de choses, mais elle sait pourquoi elle a fait les choix qu'elle a faits, pourquoi elle a abandonné la femme de sa vie, pourquoi elle a épousé les hommes qu'elle a épousés. Elle ne s'est pas menti. C'est vrai qu'elle a subi ce pseudo-pouvoir que son corps lui a donné sur les hommes, Abel n'avait pas tort. Mais être libre, ce n'est pas tout vouloir et tout pouvoir. Ce n'est pas une histoire de puissance ni de force. Au lycée, on m'a parlé de philosophes pas marrants qui pensaient qu'être libre, c'était vouloir ce qu'on peut. L'idée ne m'a jamais plu. La liberté de Salomé, c'est pouvoir ce qu'on veut. Ça me fait rêver.

Je réponds à Abel

Salomé, c'était une femme libre.

Il fait un bruit pas convaincu, l'air gêné. Salomé lui a fait un sacré numéro. Ça m'a pas plu non plus, qu'elle le touche, qu'elle le charme. Je ne sais pas si Abel est gêné parce qu'elle l'intimide, ou parce qu'elle lui plaît. J'hésite à lui faire remarquer qu'il rougit, mais les garçons sont sensibles. Intimidé ou séduit, le sentiment est le même : cette femme lui fait quelque chose et il ne sait pas pourquoi.

Je change de sujet *On fait quoi maintenant ?*

Abel me demande la clé de l'appartement de ma mère, je la lui donne et il l'agite sous mes yeux. *Tu as vu ce qu'il y a écrit dessus ? On va aller voir la paroisse de ta mère.*

Le type se prend pour Sherlock. Il remarque mon air dubitatif et me renvoie *Tu as une meilleure idée ?* Je n'ai aucune autre idée. Va pour l'église Saint-Laurent, et ses « Lundis du Saint-Esprit ». Qu'est-ce que c'est que cette bête. Je regarde où est l'église sur mon téléphone. C'est à côté. Remonter la rue du Faubourg-Saint-Denis, survivre à la canicule, au primeur qui gueule *qu'est-ce qu'elle est belle ma pêche, dis donc, de plus en plus belle et de moins en moins chère !*, au pas mesuré d'Abel qui retient mon envie de courir. Tiens, le jour du Seigneur aussi, on peut courir après quelque chose.

VII.

On traverse le boulevard de Magenta n'importe comment, une fille à vélo crie *connards !* en manquant de nous percuter. Je me demande si ma mère avait un vélo. Je me demande si elle criait *connards !* aux mal élevés. Choisir cette rue, ce quartier : sans doute oui, il faut aimer le chaos.

Et là, au milieu de tout, de n'importe quoi, l'église Saint-Laurent. Superbe. Une façade classique, un clocher érigé violemment vers le ciel, impassible malgré le bordel. Plantée sous la gare de l'Est avec ses champs de bus au terminus, perdue sur le boulevard. Une bande de jeunes à sacoches transversales traîne sur le parvis.

Dedans. L'odeur de l'encens qui toujours berce les narines, rappelle des souvenirs que je n'ai pas, fantasmes de chants qui résonnent sur la pierre, de bois qui grince pendant le sermon.

Je me loupe en faisant le signe de croix, épaule droite ou gauche d'abord ? Pousser la porte d'une église, basculer la tête, admirer la nef, ersatz du ciel qui L'abrite, silencieuse arpenter le déambulatoire à clefs de voûte. Le plaisir de se sentir petite.

Les bancs sont vides, il n'y a qu'une femme, au troisième rang. La tête penchée, elle doit prier. Elle se retourne quand la porte se ferme avec fracas derrière nous. Elle se lève et nous regarde, un grand sourire aux lèvres.

Je demande à Abel s'il connaît cette dame, il répond que non, mais elle ressemble à quelqu'un qui était au Père-Lachaise hier. La femme nous fait signe de la rejoindre.

On avance jusqu'à elle. Elle fait une tête de moins que moi, les cheveux bruns et bouclés, la peau couleur sable. Posé sur le banc à côté d'elle, son téléphone. Elle ne priait pas. Je devine sur l'écran un jeu pour passer le temps, avec des couleurs des symboles et des étincelles quand on termine le niveau.

Holà ! Comme je suis contente de te voir, Nuria ! Elle est espagnole, certainement, et elle prononce mon nom comme il a été conçu. Tout de suite, elle me plaît.

Mais qu'est-ce que tu fais là ?

Je raconte le porte-clés. *Et vous ?*

C'était ma paroisse il y a vingt-cinq ans, avant de déménager à Strasbourg. C'est si bon de revenir! Elle inspire profondément, comme on inhale l'air du large. *D'ailleurs, c'est ici que j'ai rencontré ta mère.* Elle paraît prendre soudain conscience de quelque chose. *Mais tu ne sais pas du tout qui je suis!* Elle éclate de rire. *Je m'appelle Miriam. C'est bizarre à dire : je suis ta marraine.*

Je ne savais pas que j'étais baptisée, la famille de mon père n'est pas pratiquante. Amusant. En un éclair d'imagination, je pense à l'enfant catholique que j'aurais pu être. Quel cadeau j'aurais reçu à ma première communion.

Pour tromper le silence, je présente Abel. *Dios mío, vous êtes beaux, oh vous êtes beaux. Et toi, tu es grande! Je t'ai connue bébé, seulement. Si longtemps, si longtemps... Comme je suis heureuse de te retrouver.* Son accent de chaleur tranche avec son ton clair et droit. Elle parle à voix haute, alors que l'église m'imposerait le chuchotement.

Miriam nous invite à nous asseoir. Je m'assieds à côté d'elle. Elle pose ses deux mains sur mes joues. Ce sont de petites mains de petite femme, elles sont fraîches, de petites mains à petits doigts, dont un caresse mon lobe d'oreille. *Mi moreneta, qué linda eres !* Abel s'est assis sur le banc devant le nôtre. Son torse fait un zigzag pour pouvoir nous faire face

La moreneta ?

Oui, c'est elle, Nuria. Nuria la moreneta. Tu ne connais pas l'histoire ? Elle ne t'a pas dit ?

Je ne connais pas l'histoire. Je pourrais dire : je ne connais pas mon histoire.

L'histoire de la moreneta, c'est l'histoire de ton prénom. Miriam a rencontré ma mère alors qu'elle était enceinte de moi. *Il y a toujours un moment dans la vie des gens où ils ont besoin de croire à quelque chose. Quelquefois ça arrive assez jeune, quand on s'aperçoit que la vie des adultes, c'est pas si amusant que ça ! Mais il y a les crises, plus tard, les crises de décennies puis les crises de… convulsión ? Cómo se dice, « bouleversement » ? Sí, bouleversement. Quand ta mère est tombée enceinte de toi, elle ne s'y attendait pas.* Miriam roule tous ses r, mouille tous ses n, et j'ai l'impression qu'elle veut me raconter des histoires de pavés brûlants, d'Andalousie, de pierres taillées en dentelle, de cours carrées à cédrats mûrs. Mais l'histoire qu'elle me raconte n'est pas une histoire de ville. C'est une histoire de montagne.

Toi tu viens de la montagne, mi moreneta. Miriam retire ses mains de mon visage, s'attarde sur une joue, caresse en souriant. Elle s'éclaircit la gorge. La conteuse que j'attendais est devant moi. La vraie conteuse, celle qui n'exige pas de questions pour donner ses réponses.

La Nuria, c'est celle qui vient de la vallée. C'est grâce à moi que tu t'appelles comme ça ! Un jour, ta mère est venue à Saint-Laurent, j'enseignais le catéchisme, oh cette année-là j'avais les tout-petits, les plus mignons ! Après le cours, je passais par l'église pour me remettre de toute cette excitation. Pas facile, les petits ! Ses yeux pétillent. *Et un jour, je vois une fille d'à peu près mon âge qui pleure sur un banc. Et elle était encore là le lendemain. Et encore, encore tous les jours. Alors au bout de, quoi, une semaine peut-être, je suis allée la voir. Elle m'a raconté son histoire. Des petits bouts, au moins. Elle était enceinte. Elle ne savait pas quoi faire. Elle avait peur de pas s'en sortir, d'être une mauvaise mère. Elle était perdue. On est devenues amies.* Miriam l'a guidée comme elle a pu. Elle lui a montré que la maison de Dieu, c'est la maison des perdus, même ceux qui ont égaré leur foi. *Moi aussi, je me suis tournée vers l'Église quand je me suis perdue, quand je suis arrivée dans ce pays, extranjera ! Elle, elle était perdue.*

Perdue, ma mère ? Chaque visage qu'on esquisse d'elle m'apparaît d'abord inimaginable. Cette femme pourtant a existé et je crois Miriam, je crois les larmes, le banc. Je crois la perdition.

Je lui ai raconté une fois une histoire qu'on me disait quand j'étais petite. Ma famille vient de Catalogne. Et il y a des légendes. C'est un pays très religieux, mon pays. J'ai grandi là-dedans, et j'ai grandi avec les légendes. Il y en avait une en particulier, dans une vallée des Pyrénées.

C'est l'histoire d'une Vierge. C'est l'histoire d'un homme qui a vu la Vierge, et a traversé l'Europe pour la retrouver, de la Dalmatie aux Pyrénées. C'est l'histoire du chemin d'un pèlerin.

Une nuit, le pèlerin voit en rêve une Vierge. Elle est plus douce que toutes les madones, plus majestueuse que toutes les pietà, plus douloureuse. Elle est perdue, dans l'ombre, et sa peau noire se confond avec les murs de la grotte où elle se cache. Elle supplie le pèlerin de venir la chercher, de la sauver du froid et des bruits effrayants de la forêt. Quand le soleil du jour d'après se lève, le pèlerin est parti. Il marchera jusqu'à sa Vierge noire.

Le pèlerin traverse les frontières, il gravit les montagnes. Les cyprès, les pins se raréfient, et le vent ne porte plus à ses narines l'odeur du bois de Sainte-Lucie. La nature change, et il sent sous ses pas la mousse des sous-bois, et sur sa peau le souffle chaud de la balaguère.

Les jours, les semaines passent, et quand, à la nuit tombée, le pèlerin s'endort, le doute le prend. Quel est le chemin ? Où est-elle ? Alors la Vierge dans ses rêves se révèle et renouvelle sa prière. Sa voix est chaque nuit plus forte et le pèlerin se réveille chaque matin plus sûr de son chemin.

Enfin, après une éternité, ce qu'on appelle le hasard, l'imagination, ou la voix céleste, et qui est simplement cette lumière qui brille au fond de nos cœurs, sacrés comme profanes, cette voix qui résonne au fond de nos consciences, croyantes comme incrédules, enfin, quelque chose de tout cela souffle entre les feuillages et meut le corps fourbu du pèlerin jusqu'à une pierre. Il y pose sa paume, et sent vibrer son corps d'une chaleur mystérieuse.

Le pèlerin tend l'oreille. Il parle la langue de la nature, et il sait marcher vers sa Vierge, à l'odeur de la fougère fraîche, à la rosée qui recouvre le rocher sous sa main, au cri particulier d'un animal d'ici. Dans ce dédale immense des arbres et des loups, il a trouvé le chemin.

Derrière le rocher, une étroite trouée mène à une grotte obscure. Sans lumière, si ce n'est celle de sa foi, le pèlerin voit la Vierge qu'il cherche : la Vierge noire. La moreneta de la vallée de Nuria.

C'est un miracle. La moreneta est sublime. Le pèlerin sait. Il plante ses racines là où la Vierge de Nuria lui a donné la vie. Et sa Vierge devient la vie elle-même.

La légende de la Virgen de Núria s'est créée ainsi, autour de cette minuscule statue toute noire. Alors on l'a appelée la moreneta. Moreneta, comme toi ! Miriam sourit avec tendresse.

J'étais donc pour elle la petite Noire. De moi elle n'a vu que la couleur, cette couleur qui est la seule chose que je n'ai pas d'elle. Elle m'a vue noire avant même que d'elle je sorte, et m'a condamnée à lui être différente. Elle, la Blanche ; moi, la petite Noire.

Miriam devine et murmure, juste pour moi *non, tu n'étais pas la petite Noire, peut-être qu'au début c'est ce qui l'a accrochée, dans cette histoire, mais ce n'était pas ça. Tu es la vie. Ton arrivée, Nuria, c'était le renouveau de la vie. La Virgen de Núria est devenue un symbole de fertilité. Les femmes des Pyrénées vont la toucher pour tomber enceinte. Avec toi, elle espérait la renaissance, tu comprends ?*

Je n'arrive pas à la croire.

Mais elle avait peur.

De quoi ?

D'avoir une fille. Je crois qu'elle pensait qu'être une fille, c'est plus difficile. Je ne sais pas ce qu'elle avait vécu, mais je crois qu'elle ne le souhaitait pas à son enfant.

Oh Miriam, je ne crois pas. Elle craignait d'être touchée par cette malédiction ridicule. Mourir d'avoir enfanté une fille. Et elle avait raison d'avoir peur. Ce devait être pour elle comme la superstition de l'échelle, du miroir, ou du chat noir. Je m'en moque jusqu'à ce que j'en croise un, et alors, pourquoi tenter le diable ? Et je traverse la rue quand le trottoir est encombré d'une échelle qui déménage, et je m'applique à ne pas laisser échapper le miroir qu'on me tend. Pour le chat noir, je ne fais rien car il n'y a rien à faire, et je me persuade mollement que ce sont des conneries. Comme elle, peut-être. Peut-être qu'elle a essayé de se persuader que c'étaient des conneries, au début. Peut-être qu'elle a essayé de m'aimer.

Vous m'avez connue quand j'étais bébé ? C'était comment ? Elle était comment ? J'étais avec elle ?

Oh oui, évidemment ! Tout de suite, dès qu'elle t'a tenue dans ses bras, elle n'a plus eu peur. Je suis allée te voir à la maternité, sí sí ! Elle hoche la tête, et ses boucles frétillent. *Oh tu étais très mignonne ! Et vous vous ressembliez ! Como dos gotas de agua ! Je me souviens, j'ai pensé à ce philosophe indien, il dit que l'enfant à venir prend les traits de celui que la mère enceinte aime le plus fort, je me souviens, ça m'a fait plaisir. Je me suis dit qu'elle s'aimait elle-même si fort, finalmente !*

Et après, vale, ta mère a dû changer de téléphone, je ne sais pas, mais ça ne répondait plus. Je n'avais pas eu de ses nouvelles depuis. Plus aucune nouvelle, jusqu'à ce qu'un de ses amis m'appelle il y a trois jours pour me dire qu'elle était décédée. Alors j'ai sauté dans un train. Elle a ce sursaut des commissures qui dit la peine et la retenue. *Bon… Ça fait longtemps, mais je crois qu'elle était restée dans mon cœur, ta maman. Quand il m'a appelée, son ami, ça m'a fait plaisir. Elle avait dû lui parler de moi ! Ça, ça m'apporte du confort, de savoir que j'ai compté. Du confort, c'est ça ? Ah du réconfort, on dit !* Elle rit de son approximation. *Toutes ces années, je me suis demandé ce que tu étais devenue, Nuria. Mais je ne m'inquiétais pas. Je savais que ta mère serait une bonne mère. Quand je l'ai rencontrée, c'était une période difficile, où elle était très seule. Mais je l'ai vu, son très grand cœur ! Tout le temps que je l'ai connue, je l'ai vue tout faire pour se donner à Dieu, alors qu'elle Lui en voulait ! Beaucoup, même. Pas à Lui mais à notre religion, plutôt. Son éducation, je crois. Je n'ai pas eu toute l'histoire, mais son beau cœur a tout fait pour L'aimer, ce Dieu. Elle avait un très beau cœur. Je savais qu'elle saurait t'aimer.*

Un diacre à l'air chafouin s'avance vers nous. *Hé ho, là, on n'est pas au café! Non mais oh. C'est très bien de venir claquer la bise à Dieu quand on en a marre de suer, mais un peu de respect, s'il vous plaît! S'il vous plaît!* Il grommelle. *Sérieusement, de qui se moque-t-on…* Il repart de cette démarche des gens sérieux, parfaitement équilibrée, droite-gauche-droite-gauche, les mains croisées derrière le dos, il s'éloigne en secouant la tête, le dos courbé, le crâne à peine garni, le mauvais col beige dépassant du mauvais pull gris. J'ai l'intuition qu'il ne sourit pas souvent. Miriam, elle, sourit. En ce moment même, son sourire irradie mon profil droit, je n'ose pas la regarder, mais je le sens, peut-être mon œil capte-t-il l'éclat blanc de ses dents, ou c'est un organe mystérieux qui reçoit les rayons de sa joie.

Est-ce que tu as la foi, Nuria?

Non désolée, je ne crois pas en Dieu. Pas comme ça.

Comment tu crois alors?

Je   *C'est que*   *Je crois que je vois.*

Miriam penche la tête, plisse une seconde ses yeux brillants, elle voudrait que je dise plus. Mais je ne sais pas dire plus. Il n'y a rien de plus à dire.

La seule chose que je crois, c'est que je vois. Je ne veux pas dire à la manière d'un apôtre sceptique que je ne crois que ce que je vois. Au contraire. Ce que je vois, je n'y crois pas. Mais c'est un acte de foi, croire en ses sensations.

J'avais douze ans quand pour la première fois je me suis posé une question : est-ce que les autres existent vraiment ? Avant, j'étais enfant, et l'enfant joue, court, saute, danse, crie, pousse, mord parfois. Avant, je n'avais jamais pensé à mon corps. J'étais mon corps. Ce que je voulais faire, mon corps le faisait. Jusqu'à ce qu'un jour, deux protubérances s'imposent à moi et défigurent mon torse. C'est à douze ans que j'ai découvert que mon corps existait malgré moi, qu'il changeait sans ma permission.

si je devais te dire plus Miriam
je te parlerais de
mon corps étranger
que j'ai rencontré pour la première fois à douze ans
ni coup de foudre ni désamour
stupeur d'avoir ce que je croyais être
un corps les mains hésitent sur les monticules graisseux
et découvrent que ces seins qu'elles touchent lui appartiennent
et comprennent que ce n'est qu'en les touchant qu'elle les connaît

Un jour, j'ai caressé mes seins naissants et j'ai douté de tout. Mon corps m'avait trahie, il avait rompu notre unité. Désormais, je n'étais plus un corps. J'avais un corps. Ironie de l'histoire : c'est grâce à lui que j'avais fait cette découverte. Grâce à mes mains qui palpent pour la première fois mes petits seins.

Ce corps, qui m'avait fait gagner des chats perchés et m'avait perchée sur les épaules de mon père, est devenu une chose. Une chose entre moi et le monde. Au mieux, un outil ; au pire, un intermédiaire. Pour la première fois, je comprenais qu'entre moi et la réalité, il y avait mon corps.

À douze ans, ça fout un coup. J'ai passé des mois presque mutiques, à me repasser une question en boucle : est-ce que les autres existent vraiment ?

Je me souviens, j'étais hantée par un cauchemar. Je n'entends plus, je ne vois plus, je ne sens plus sur mon corps quoi que ce soit, ni la chaleur ni le vent ni les draps et je ne vois même pas à travers mes paupières la lumière brûler rouge ma rétine. Rien. Il m'arrive de faire ce rêve encore, et je me réveille dans le même état de panique qu'alors : sans mes sens, sans mon corps, je ne suis rien.

C'est à ce moment-là que j'ai vécu mes premiers jours de chiale. C'est marrant. J'apprends maintenant que ce sont mes yeux jaunes héréditaires qui m'ont refilé cette façon de pleurer pour rien, ces mêmes yeux qui étaient la source de ma première chiale : je ne pouvais plus leur faire confiance.

Se taire et pleurer, c'est pas une vie, alors j'ai fini

par céder, pas par conviction, mais par nécessité. J'ai décidé de faire confiance à mon corps, et de le laisser me faire croire qu'il y a une réalité.

Miriam, si vous me demandiez de vous en dire plus, je devrais vous expliquer ce grand acte de foi : croire en mes sensations, croire que je vois. Mais je ne peux pas renier l'adolescente que j'ai été, et raconter l'air de rien ce bouleversement de mes douze ans, sans la gravité qu'on n'ose jamais donner aux histoires de jeunesse. On la réserve aux problèmes d'adulte. Beaucoup plus sérieux, les histoires des grands : au lieu de faire réfléchir, ça occupe et ça emmerde.

Miriam continue de me sourire avec cette bonté si sincère qu'elle est nécessairement nimbée d'indifférence. Ce regard des mères, des grands-mères. Ces regards des femmes qui veulent aimer toujours, et qui, pour être bonnes, gentilles, douces, doivent s'empêcher de regarder en face l'objet de leur amour. Cela me rassure. Elle n'attend pas que je lui explique, elle veut me donner cet amour de marraine qui signifie pour elle des choses que je ne comprends pas.

Abel, lui, veut comprendre, je le devine à son menton un peu trop haut, à ses paupières un peu trop plissées sur ses yeux noirs. Mais il ne demande rien.

Mon téléphone fait *bip*, c'est un message.

Nuria, c'est Salomé. Tu as oublié de récupérer ton porte-monnaie hier. Je l'ai avec moi.

Merde ! Qu'est-ce que je peux être con, je murmure. Je lui réponds Je peux le récupérer aujourd'hui ? Je suis près de la gare de l'Est, et toi ? Trois petits points, elle est en train d'écrire Envoie-moi l'adresse précise, on arrive.

Désolée, c'est mon porte-monnaie, je l'ai perdu hier. Mais je vais le récupérer.

Abel et elle étaient en train de dire quelque chose pendant que j'écrivais.

Ton ami me parlait de son travail, c'est merveilleux. La sculpture du bois, elle prononce le p de sculpture, *c'est merveilleux. La moreneta, la vraie, c'est une petite sculpture en bois ! Elle n'est plus noire du tout aujourd'hui, elle a retrouvé ses couleurs d'origine parce qu'on l'a restaurée. On s'est aperçu qu'elle n'était pas noire au départ, c'était l'encens, la fumée des bougies, le temps qui passe, tout ça, ça l'avait noircie.*

Ma Vierge éponyme est un bout de bois noirci caressé par des milliers d'espérances. La Nuria que je suis est un bout de vie né noir esquivé par tous les espoirs. À cette juxtaposition en négatif je trouve une consolation. Au moins une chose aura été entre elle et moi comme entre une mère et sa fille : je ne suis rien de ce qu'elle avait imaginé.

Est-ce que vous avez quelque chose à boire ? Un peu d'eau ?

Ni Abel ni moi n'avons rien. Je propose à Miriam comme je proposerais à Maja d'aller lui chercher une bouteille d'eau. Abel me coupe *non mais j'y vais, continuez à discuter.* Il est déjà debout et disparaît.

Vous êtes très beaux, ensemble.

Non non, on est pas ensemble. Mais je suis d'accord, il est pas mal.

Oh, pourquoi ?

À elle, je n'ose pas avouer que je connais à peine Abel. Je lui sors le premier truc qui me vient. *C'est pas mon truc, le couple.*

Ah, entiendo. Tu n'aimes pas le sexe ?

La question me stupéfie. Les chrétiens pratiquants ne parlent pas de sexe.

Si, j'aime le sexe ! Par mégarde, j'ai crié, et j'entends encore l'écho du sexe rebondir entre les colonnes. Je n'ai pas menti mais j'ai presque envie de me ruer dans le confessionnal là-bas.

Alors tu fais l'amour sans amour?

Bien sûr que je fais l'amour sans amour. Je fais le sexe sans amour. Un instant, j'ai pris Miriam pour la catho idéale, qui parle de foi plutôt que de religion, et de Dieu plutôt que d'Église. Elle est finalement aussi réac que les autres. Aimez-vous les uns les autres, mon cul.

Fais pas cette tête! Moi aussi, ça m'a plu de rencontrer des hommes, quand j'étais jeune.

Je ne parle pas souvent des gens avec qui je couche, mais là, ça vaut le coup de lui fermer le caquet, qu'elle arrête de jouer la progressiste. *Ça me plaît, oui, mais pas qu'avec des hommes. Des femmes aussi.*

Impassible, Miriam lance

Mais faire l'amour à quelqu'un qu'on aime, c'est autre chose! Elle me fait un clin d'œil coquin.

Je laisse échapper une moue pas convaincue.

Tu n'es pas amoureuse? Je dis non. *Jamais? Oh.*

Son air désolé me vexe.

Je sais pas bien pourquoi j'aurais envie d'amour. Je dis ça d'un ton plus agacé que prévu. Miriam ne répond pas, elle s'en veut de m'avoir piquée. Moi, je veux lui rendre sa pique. *Ma mère, vous dites qu'elle avait un grand cœur. Je vois pas bien à quoi ça lui a servi. Personne a été foutu de l'aimer correctement.* Même vous, Miriam, vous l'avez laissée tomber – je me retiens de lui balancer ça à la gueule.

On pense qu'aimer, c'est donner. Il faut aussi apprendre à recevoir. On est la mal-aimée parce qu'on ne sait pas recevoir l'amour.

Je ne sais pas comment Miriam sait ça. Est-ce l'amour de Dieu qu'elle a appris à recevoir ? Je crois que la foi pourrait ressembler à ça : laisser entrer l'amour de Dieu en soi.

Cette conversation m'ennuie. Je dis à Miriam que je vais voir où en est Abel.

Je sors de l'église. Abel attend sur le parvis, trois bouteilles d'eau à la main. Il en dégoupille une, il boit trop vite, l'eau coule sur son menton, son torse, son t-shirt. Il me donne soif.

Je lui dis qu'il a pris son temps. Je récupère deux bouteilles, m'apprête à retourner dans l'église.

J'ai déjà la main sur la poignée métallique de la porte de l'église, émoussée et brillante là où d'autres l'ont attrapée, quand Abel me retient. Une seconde nos deux corps flottent, tout semble plus lent dans l'extrême chaleur, vacillant sous la vapeur on devient oasis. Il me retient par le poignet, sans rien encore demander, incertain, peut-être timide – ou mon cerveau ralenti l'imagine hésiter.

Abel faufile ses doigts entre les miens, de son autre main enlace ma taille, il s'approche, me serre dans ses bras.

C'est bien, tu seras dans ton élément.

Je le regarde sans comprendre, et d'ailleurs en me moquant plutôt de ce qu'il peut vouloir dire, parce que mes pensées s'arrêtent, suspendues, une vague à l'écume, sa peau contre ma peau, les poils bruns de son torse contre l'épiderme fin de ma joue, et son odeur. C'est comme ça que je l'ai vu pour la première fois, que je l'ai senti de la seule véritable façon de sentir, peau contre peau, odeur contre narines, à cette distance disparaissante qu'on appelle intimité.

Mon cou battant d'une carotide vibrante contre son diaphragme, mon oreille écrasée contre sa clavicule, le reste de mon corps pulsant contre ses vêtements humides de la vapeur qui dit l'été, je cède à l'envie de le serrer contre moi. Quelquefois on sent qu'il faut toucher les gens, souvent on n'ose pas, souvent moi je n'ose pas, mais parfois, rarement, parfois pourtant, j'ai envie de toucher des gens. Abel, à cet instant, j'ai envie de le toucher de tout mon corps, j'ai envie de l'approcher si près qu'un peu de son soleil s'infiltre dans mes pores et demeure avec moi bien après son départ. Ses bras lentement entourent ma nuque et m'offrent en retour une étreinte qui n'a rien de ma brusquerie, et tout de la tendresse de quelqu'un qui sait aimer.

Dans la maison en bois, celle que je vais construire de mes propres mains, tu seras à ta place, ma Nuria de madera.

J'avais oublié ma promesse. Le Père-Lachaise contre une maison en bois. Oh, Abel, je n'ai qu'une parole, mais si tu savais quelle mauvaise poupée je ferais… Quoiqu'elle et moi avons une chose en commun : ne vouloir rien.

VIII.

Un culbuto traverse le boulevard de Magenta, regarde de gauche de droite, penche à gauche à droite, sa touffe fumeuse s'envole emportée par le passage d'un bus. Par-delà l'épaule d'Abel, parce que nous sommes enlacés encore, je crois reconnaître Garcin. L'homme s'approche, lève le bras en un salut minimal, un pan de sa chemise s'envole, il a le nombril terriblement profond si loin dans la bedaine. C'est lui. Il piétine encore une bande blanche du passage pour piétons qui éblouit tant il y a de soleil de lumière de chaleur d'été chauffant le macadam sur ce boulevard de Magenta qui pue qui crie qui rit – ce sont les types traînant quelque part à côté de nous enlacés. Je ferme les yeux.

je ne sais plus ce que le bout de mes doigts touche
le microcosme du bout des doigts
il n'a que texture et n'y donne pas sens
la peau au cheveu naissant de la nuque d'Abel ou
le bitume fondu où gisent des graviers ou
la croix rugueuse du bois vieux qui tient Jésus dedans

je ne sais plus ce que mon nez sent
l'odorat trahi par le chaud inconfiançable
il n'a que vents cramoisis et les confond
les détritus pourrissants de la poubelle elle vomit
le parfum d'une cocotte c'est vingt euros la pipe
les hormones exhalées par l'homme
on m'a dit que l'abeille ainsi choisit sa copulation

pour moi Abel sent bon

Qu'est-ce que Garcin fout là?

Ah tu es là! Je vous ai vus par la fenêtre vous déjeuniez, le temps de descendre vous étiez déjà loin. Il a le hoquet et la station debout vacillante. *J'ai remonté la rue aussi vite que mon vieux corps me le permet!* Il reprend son souffle. *J'ai trouvé quelque chose pour toi, Nuria.*

Il me tend une photo de ma mère tenant un bébé. C'est moi dans ses bras. Je n'ai jamais vu de photos d'elle et moi. Je me préparais à un pincement au cœur, mais c'est une chaleur douce qui cueille mes entrailles. Pour masquer mon émotion, je baisse les yeux sur les mocassins élimés de Garcin, de vrais beaux mocassins de vrai vieil homme.

est-ce qu'ils sentent l'alcool ?
empués par les pieds où s'amoncellent,
tombées depuis le gosier
courues à travers les veines,
les gorgées d'ivresse.
le petit dernier a vu ses frères
les orteils, imbibés un à un,
noyés cuite après biture,
le premier vexé d'être le gros
rapté par un alcool adolescent
Manzana Malibu ou vodka pomme
le deuxième pris par les Cuba libre
le troisième le quatrième
pernicieusement séduits par
le vin doux puis sec puis rouge
et enfin asphyxiés d'un whisky

à chaque chute le petit dernier pâlit
il tremble il craint la vague qui le guette
et un peu plus chaque fois se recroqueville
oui les mocassins de Garcin puent la gnôle
et terré moignon l'auriculaire est ivre

J'explique à Garcin comment nous sommes arrivés à Saint-Laurent, comment nous sommes tombés sur Miriam. Il sait qui c'est et paraît enthousiaste à l'idée de la rencontrer. Il me demande, d'une voix frêle et suppliante qui me surprend, s'il peut entrer avec moi.

Abel dit qu'il va fumer une cigarette. *Allez-y, j'arrive*. Il doit en avoir marre de me chaperonner. Je lui propose *tu peux t'en aller si tu veux.*

T'inquiète, je te laisse un peu tranquille. Il dit qu'on se retrouve après.

Garcin et moi entrons. Fraîcheur encens tourbillon sacré du vent qui s'engouffre avec nous. Calme. Calme l'église.

Miriam, toujours au troisième rang, attend sa bouteille d'eau. Sa couronne bouclée, son chemisier crème, son petit corps rond, une pomme pas très mûre, sans prétention, un fruit vieux comme le monde, et croquant sous la dent. Elle est douce mais elle n'est pas sucrée cette femme.

Garcin arrive à sa hauteur.

Bonjour Madame, je suis un ami de Nuria, de sa mère, G-guy Garcin. Malchance d'avoir des g-gueux partout dans son nom quand ce son sort si malaisément de la g-gorge. *Je peux ?* Il s'assied à côté d'elle.

Je fais escale au milieu de la nef. Il y a quelque chose d'intime à leur rencontre que je ne veux pas violer. Il a des choses à dire ou à entendre, des choses qui n'appartiennent qu'à eux. J'erre dans l'église, je regarde mon reflet dans une eau bénite. Je ne les écoute pas mais je les entends. Ils murmurent et je devine des politesses, des sourires, des *ah, je vois*, des *oui, bien sûr*. Des mots de gens bien qui se découvrent de loin. Je regarde la sculpture sans intérêt d'un saint percé, Sébastien. *Ah, vous croyez ?* Je devine un retrait, c'est un ton de voix qui dit *ah vous croyez ? moi je ne pense pas*. Une chapelle dans un coin honore sainte Catherine. *Non, non, elle n'était pas comme ça !* Ils se sont tâtés du bout de leurs phrases timides et ils se sont déplu. Je ne veux pas le savoir.

Les visites d'église m'ont toujours laissée dans cet état d'agréable langueur, le regard forcé d'admirer les joliesses, mais l'esprit las de n'y voir rien de surprenant. Cette église-ci n'a rien de plus joli qu'une autre, rien de moins joli, elle est ennuyeuse et on s'y attend. C'est tout son intérêt.

Ah non, non, je ne peux pas vous laisser dire ça ! C'est Garcin qui s'énerve. Je marche sur le bas-côté, à quelques mètres d'eux, je les vois mais ils ne me voient pas.

Écoutez, je ne sais pas qui vous êtes, mais elle n'avait rien d'une grenouille de bénitier ! Enfin, vous vous moquez de moi ! Miriam ne répond pas. *Mais q-qu'est-ce que vous allez inventer ? Un b-baptême pour la petite, c'était c'était quoi, un jeu ! Ma bichette, si elle vous entendait... C'était une libertine ou presque ! Les merdes qu'elle prenait, les merdes qu'elle baisait enfin pardon ! De quoi vous me parlez travestir ainsi la vérité non vous vous vous vous moquez.*

Miriam fronce les sourcils. *Je vous dis seulement la femme que j'ai connue, c'était il y a longtemps.*

Je ne sais pas pourquoi ça vous amuse, pourquoi mais c'est indécent. Vous n'avez pas honte ? De toute façon, les cathos tradis vous êtes tous pareils, vous ne voyez que ce que vous voulez voir, c'est tout blanc ou tout noir, alors vous la faites colombe tombée du nid... Ridicule ! Garcin s'est levé, il projette sa voix dans toute la nef, il remue ses bras, c'est un sermonneur fou.

Monsieur, restez cordial, s'il vous plaît. Moi je ne vous demande pas ce que vous faites de votre vie, ni ce qu'elle en faisait. C'est pas mes affaires. Moi je vous parle d'elle et de son amour pour Dieu, peut-être que ça ne vous plaît pas, qu'elle en ait aimé un autre, je sais pas, mais calmez-vous ! Miriam continue en pestant en espagnol, je ne l'entends plus. Elle a à peine élevé la voix et on sent sous ses mots chantants un remous tranchant.

Garcin arrange sa chemise, bougonne avec de grands mouvements, il a l'air furieux. C'est amusant. Il s'apprête à abandonner Miriam là, cette femme qui a connu ma mère comme lui ne l'a jamais vue et il ne le supporte pas. Son choc est le même que le mien d'hier matin, déterrant au Père-Lachaise, sous la mère seule, triste, incapable d'aimer, une femme séduisante et regrettée. Seulement, Garcin a une violence que je n'ai pas. Il ne sait pas qu'on ne connaît jamais vraiment les gens, et ne pas avoir tout su de ma mère le rend fou. Il s'en va à grands pas.

Je ne veux pas qu'il parte.

Guy ! Partez pas tout de suite. Je voulais vous dire

Mais je n'ai rien à lui dire. Il m'est étranger, autant que Miriam autant que leur querelle autant que leurs histoires et que tout ce temps qui s'est écoulé depuis samedi trois heures du matin quand Jeanne m'a dit *Maman est morte*. C'est un personnage sur une scène de théâtre, et s'il m'émeut parfois c'est seulement parce que je sais que c'est pas pour de vrai. La vie des autres, j'ai du mal à y croire. Et ces pensées distraites me laissent suspendue dans le coin d'une église devant deux inconnus et je regrette de n'être pas moins loin, de n'être pas moins moi.

NuriaaaaAAAAaaaaaaaaaaaa

Une femme crie. Le diacre passe une tête derrière une porte à côté de l'autel *Oh chut !* La porte claque, déjà reparti.

Je me retourne et vois Salomé, c'est elle qui m'a appelée de sa voix d'eau douce.

Derrière elle, dans l'embrasure de la porte, Abel a un téléphone collé à l'oreille, il a dû terminer sa clope. Il tient la porte d'où nous parvient un rai de lumière presque incroyable dans l'obscurité froide de l'église Saint-Laurent.

Au bout de la main de Salomé, il y a un avant-bras et au bout de l'avant-bras un homme. L'homme, c'est Arnaud. Je dois avoir le visage qui interroge parce que Salomé bafouille

Oui on était en train de manger ensemble, des trucs à se dire, alors je suis venue avec lui, et puis c'est ton oncle quoi

Arnaud et Salomé déjeunant ensemble quelque part, j'ai un rictus de l'esprit à l'imaginer.

Garcin s'est figé, il n'est pas parti, l'entrée des deux vieux amis l'a saisi au vol. Personne ne bouge. Ils sont tous là, sous mes yeux, tous ces gens qui n'ont jamais existé avant que ma mère meure. Les uns à côté des autres, ils se juxtaposent, et leurs récits pourtant ne se superposent pas. Je sais moins aujourd'hui qu'hier qui était ma mère. Je comprends enfin que le temps s'écoule. Fini, presque. Maintenant ou jamais.

Garcin part d'un grand rire, il ricoche sur la pierre lisse, sur les prie-Dieu, sur le Christ en croix, sur les murmures des prières inventées, sur le sacré méprisé.

Ah bah il est là, le petit chauve ! C'est ta sœur qui t'appelait comme ça… Quel joli couple vous faites, la s-sauterelle et le hanneton !

Salomé lâche le bras d'Arnaud. *Mais tais-toi, Garcin, t'es toujours aussi con ! Puis pas devant la petite, à quoi ça sert*

À quoi ça sert, à quoi ça sert…   C'est pour elle ! Je ne veux pas vous laisser lui mentir, à Nuria ! Entre cette Espagnole sortie de nulle part qui raconte n'importe quoi, et toi à qui elle ne parlait plus depuis des années ! Et ce couillon d'Arnaud, qu'est-ce qu'il va raconter ? Toujours tes délires de malédiction, hein ?

Garcin, tu arrêtes. Le « tu arrêtes » d'Arnaud n'a aucun poids. *Je n'ai jamais voulu dire à ma sœur ce que je pensais de ses fréquentations, mais ça ne m'empêchera pas de te le dire à toi.* La menace est faiblarde. Cet homme ne parle pas, il glapit.

Oh je tremble de peur ! Le petit Arnaud va me dire ce qu'il pense de moi ! Ouh ouh ! Et ses fréquentations, parlons-en, elles ne te dérangeaient pas, hein, tant que tu pouvais te les taper ! Votre trio dégueulasse, elle, toi, et Salomé ! Incestueux par l'intermédiaire de son roux vagin, hein ! Ne t'avvvise pas de me donner des leçons de morale. Moi, je s-sais ce qui s'est passé ! Elle me l'a dit, elle me l'a dit. Salomé, tu sais toi aussi ! C'est ta f-faute tout ça !

Salomé et Arnaud. J'avais deviné hier qu'ils avaient partagé quelque chose, mais je croyais que c'était un amour de jeunesse sans réciproque. Je les observe. Très mal assortis. Salomé a parlé d'Arnaud avec tendresse, hier. Ils ont peut-être vécu une vraie histoire. Elle a aussi parlé de sa générosité. Ça m'attriste, d'imaginer qu'elle lui a cédé par intérêt. Ça me peinerait pour mon oncle, mais je ne juge pas Salomé. Elle a vécu ses désirs, elle a choisi ses amours.

Salomé s'avance dans la nef. *Mais tu dis que de la merde, Garcin, ça fait cent ans, c'est pas ça qui l'a tuée ! C'est toi, ta vie molle, ton argent, tu lui as fait croire que c'était ça la vie, qu'on pouvait attendre tranquillement que ça se passe, que les choses te tombent dessus. À l'encourager dans sa peinture, c'est toi qui l'as rendue malheureuse ! Avec tes rêves à la con tes promesses à la con, c'est toi !*

Ils s'engueulent avec une haine immense. Je n'ai jamais détesté personne comme ça. Leur intensité me fait peur. Garcin éructe

C'est moi ? C'est moi qui l'ai baisée, à peine nymphette, qui lui ai fait la danse des sept voiles, pour ensuite l'abandonner et me taper son frère versaillais ? C'est moi c'est moi qui l'ai lâchée comme une m-merde, parce que soudain elle était trop belle pour moi, trop intelligente, trop séduisante ? C'est moi qui ai demandé à son propre frère de choisir ? Hein, Salomé, tu lui as dit ça, tu lui as dit « c'est moi ou ta sœur » ! Et Arnaud, petit, gros et chauve, trop content de lécher l'entrecuisse d'une d-danseuse malingre, tu as jeté ta sœur, ta propre sœur. Ah oui, c'est plus simple de ressasser cette malédiction, hein, plus s-simple que d'admettre que vous l'avez tuée, tous les deux, en la persuadant que le monde est fait de gens comme vous, des gens mauvais, des gens méchants, des traîtres et des hypocrites. C'est vous qui nous tuez tous, avec votre venin, vous êtes des vers qui bouffent le cœur des bichettes, le cœur de ma bichette... Peut-être que je suis con, mais moi, je ne suis pas une ordure.

Hier, Salomé a dit *j'ai quitté ta mère pour un homme que je n'aimais même pas.* La phrase m'a frappée, la seule qui laissait deviner une pointe de remords. C'est d'Arnaud qu'elle parlait. Je ne juge pas, mais merde, quand même.

Miriam se lève toute droite, elle doit faire un mètre cinquante pas plus, et sur son visage il n'y a pas de colère rien qu'une insurgence faite de compassion. *Arrêtez !* C'est un tout petit son, mais tout le monde se tait. Ce ne sont pas les plus gros cris qui ferment les grandes gueules. *Si vous ne sentez pas le sacré de ce lieu, respectez au moins le sacré de sa mort. Pour Nuria, s'il vous plaît, arrêtez.* Elle tourne la tête vers moi, et elle a un visage qui demande pardon, pour eux et toute l'humanité.

Abel dans l'ombre m'appelle *Nuria* mais je n'ai pas le temps de m'y intéresser parce que Garcin reprend

Et vous, vous... Garcin pointe Miriam du doigt. *Ah ça, les deux-là, je parie que vous non plus, vous n'y croirez pas ! Elle me raconte que ma bichette grâce à elle a vu la lumière ! Qu'elle priait tous les soirs, qu'elle lisait la Bible à longueur de journée ! Non mais je rêve. Moi moi je la connais, je la c-connaissais, c'est pas elle, ça, c'est pas elle non.*

Ha ha ! Toi tu la connaissais ? Salomé a un rire mauvais. *Oui, on s'est embrouillées mais toi tu as plus voulu la voir ! Toi son meilleur ami ou je sais pas ce que t'étais ! Me prends pas pour une conne Garcin. Peut-être maintenant tu regrettes ou je sais pas quoi, mais va pas raconter des conneries à Nuria, t'étais plus rien pour elle plus rien ! La meilleure chose qui lui soit arrivée débarrassée de toi ! Elle et moi compliqué mais moi j'ai jamais profité d'elle ! J'ai tout fait, pour lui montrer la vraie vie, pour qu'elle soit libre, vraiment libre ! Et au moins à la fin enfin libérée de toi, vieux mâle dominant à deux balles, avec tes cigares qui puent !* Salomé pince jusqu'à la disparition ses petites lèvres pour cracher le p de « puent ». Ses postillons scintillent dans le rayon solitaire qui coule d'un vitrail. On dirait des étoiles.

Miriam s'extirpe de son rang, elle a pris son sac, elle vient vers moi. Les autres se regardent, tous tremblants, certains de rage, d'autres de peur, Arnaud surtout. *Cariño, je suis désolée mais mon train part bientôt, je dois y aller. Ne les écoute pas, ils disent des choses qu'il faut pas dire, je suis désolée. Ça va aller ?* Je hoche la tête. *Bon, regarde, ça c'est mon numéro, si tu veux parler de ta mère, si tu as besoin de quelque chose, appelle-moi. Moi j'aimerais qu'on se voie. Et ne les écoute pas. Ta mère, c'est comme ça. Parfois, on n'arrive pas à retrouver son chemin vers la lumière, parfois les voies de Dieu sont trop emmêlées pour les entendre. C'est comme ça.* Elle presse doucement ma main dans la sienne, et me regarde avec cet air plein de sollicitude et de pitié qui tend un sourire en ligne droite et fronce légèrement les sourcils. C'est un regard qui dit *je sais que tu as mal*. Je lui tends la bouteille d'eau qu'Abel est allé lui chercher. Avant de lâcher ma main, elle donne un coup d'œil au crucifix là-bas et dit *Ta mère, c'était comme Jésus, plus facile à admirer qu'à aimer.*

Miriam s'en va et croise en sortant Abel qui marche vers moi, *Nuria, désolée je voulais*

T'es vraiment qu'une pute !

Garcin a explosé. L'écho de son beuglement résonne. Salomé éclate de rire.

Pardon ? Pardon, Garcin ? C'est tout ce que t'as trouvé ? Eh bah, je savais pas que je pouvais te trouver encore plus con. Toi, vieux bourge qui a tronché tout Paname   jamais eu à gagner sa vie, toi tu m'insultes moi, une femme libre, pas riche, qui s'est fait une vie toute seule, et tu choisis « pute » ? Au vingt et unième siècle, tu choisis « pute » ? Rire encore. *Ton petit monde bien rangé, hein, les hommes comme toi tout en haut, les femmes qui ferment leur gueule juste en dessous, et alors là y a un fossé, en dessous les hommes qui viennent pas de ton milieu de mâles blancs riches, puis tout en bas, tout tout tout en bas, il y a les femmes comme moi, hein ? Les putes, c'est ça ?*

La porte de l'église claque derrière Abel et un type qui est entré avec lui. Ils s'avancent. C'est Félix.

Abel me murmure à l'oreille *Il m'a appelé tout à l'heure, je lui avais donné mon numéro hier, il était tellement mal, j'ai pas osé dire non, je lui ai dit où on était et il a dit j'arrive et il a raccroché, désolé Nuria je voulais te prévenir mais j'ai pas pu, c'est un peu le bordel là.* Déjà Félix s'exclame sur un ton moqueur

Oh vu le nombre de putes qu'il se tape, dans sa bouche c'est presque un compliment… Et il rit.

Et il s'interrompt. Le rire est tranché d'un coup sec, et Félix fait sauter son regard du vitrail à l'autel, au confessionnal, aux ex-voto tout là-haut, et le pose penaud sur moi, dans un coin. Il a l'âme d'un gentil garçon qui ne dit pas de gros mots dans une église. Sa honte se propage en chacun et nous nous trouvons tous un peu idiots de faire ce que nous faisons, là où nous sommes.

Arnaud profite du silence. *Je pense qu'il est temps de se calmer un peu. Il fait chaud, nous sommes tous bouleversés. Il n'y a pas de raison de s'énerver.* Il pose une main sur l'épaule de Salomé, la laisse glisser délicatement. Il va s'asseoir sur un des bancs. On l'imite tous, chacun s'assied le plus loin possible des autres, sauf Abel, Félix et moi. Nous nous asseyons ensemble au premier rang.

Tout le monde se tait. Éparpillés dans l'église. Un système solaire déglingué parce que le soleil a foutu le camp.

Je me retourne, le dos à l'autel, au crucifix, au mourant qui nous toise. À l'extrémité de mon champ de vision, tout près de moi, Félix est une ombre. Quelques rangs plus loin, Garcin a le dos appuyé contre le dossier, débraillé de s'être énervé, la tête basculée et les paupières closes. Derrière lui encore, il y a Arnaud, il porte une chemisette tristounette, et son crâne chauve luit d'une lumière perdue. Salomé est seule de l'autre côté de l'allée, très loin de nous, presque mangée par une travée. Ils sont là. Ils sont là.

ils sont là et que m'ont-ils donné?
une courtepointe tissée de chutes dépareillées
et je ne sais pas si elle
buvait du vin rouge ou de la grenadine

artiste timide ou sœur volcanique
sortait buvait fumait ou disait notre père
jamais su autant
je ne sais rien pourtant

Je reviens à ma position recroquevillée, le nez sous ce Jésus à qui elle ressemblait, il paraît. De lui, je sais peu, aussi. Je sais qu'il changeait l'eau en vin, donnait des leçons, et pensait valoir mieux qu'un oiseau : c'est un végétarien athée, rencontré par hasard dans un bar, qui m'a bassinée avec cette histoire toute une soirée. Jésus était spéciste. Pas si gentil. Ma mère non plus.

Je murmure dans l'oreille de Félix, assis à côté de moi, pour ne pas troubler le recueillement païen des autres *tu le connais, Garcin ? Guy Garcin ? Ce que tu lui as dit, tout à l'heure… Vous vous connaissez ?*

Oh, presque plus. Presque plus. Il boit trop pour que je le reconnaisse. Et il baisse la tête. Je n'ose pas lui demander ce qu'il veut dire.

Pourquoi tu es venu ici, Félix ?

Je voulais te voir. Je voulais voir encore un petit bout d'elle. Désolé, je tournais en rond, et la nuit dernière, j'ai rêvé de ses yeux, alors

Il a une goutte de transpiration qui enjambe cet os du crâne au-dessus de la tempe. Il me regarde et il ne voit que mes yeux. Je le sens y fouiller avec une vigueur très étrange, y chercher quelque chose, quelque chose d'autre qu'une sphère aqueuse couleur de feu éteint. J'aimerais lui dire qu'il n'y trouvera rien. Je ne peux pas lui donner ce qu'il veut, je ne peux pas lui donner ses yeux à elle.

Arnaud est debout quand il me glisse *C'est bien que tu aies rencontré ta marraine. N'écoute pas trop Garcin, il dit n'importe quoi.* Il chuchote et continue la liste des derniers événements comme lisant un prompteur, ambiance présentateur télé du journal de treize heures. Je pressens qu'il veut me dire au revoir. Mais je ne veux pas. Je n'ai pas ma réponse, il ne peut pas partir. Il parle, parle de choses qui ont un goût de conclusions, mais non ! Non, mon oncle ! Vous ne pouvez pas, non ! Je le coupe en criant à demi, plus fort, plus désespéré que j'aurais voulu

Attendez !

Chacun sur son banc relève la tête. Alors je pose ma question

Pourquoi ?

Pourquoi quoi ?

Pourquoi elle est morte ?

Oh Nuria… Il n'y a pas eu de drame. Personne ne l'a quittée, personne ne l'a battue, personne ne l'a violée, personne. Il y a des gens qui se tuent. C'est tout.

Mais non, c'est pas   c'est pas possible

Mais qu'est-ce que tu veux qu'on te dise ? Qu'est-ce que tu veux, Nuria ?

Il y a ce moment avant de s'endormir où le corps nous lâche. L'organisme se décontracte avec une violence qui donne l'impression – plus qu'une impression, une violence qui donne la certitude – pas la certitude, plus fort que la certitude –, c'est une violence qui donne la sensation oui la sensation de tomber. Cette question est un détonateur et mon organisme oublié depuis hier, où je suis trimballée de scène de théâtre en plan-séquence, est ramené à la vie. La question tire les ficelles qui tendaient mon corps mon esprit, je n'ai jamais su faire la différence, et la question pousse mon corps mon cœur mon esprit par-delà la falaise de la vie des autres au fond du précipice de sa vie à soi et j'entends

Qu'est-ce que tu veux, Nuria ?

Et mon cœur ramené à moi, mon cœur bat.
Je veux je veux savoir *est-ce que c'est moi ?*

Les mots rebondissent sur les murs les colonnes sur la pierre partout et l'église résonne d'un écho qui m'assourdit qui nous assourdit tous et partout j'entends partout nous entendons

C'est moi ?
C'est moi ?
C'est moi ?
C'est moi ?
C'est moi ?

les visages se brisent
en morceaux jonchent
les pierres froides sous le regard du sauveur
leurs éclats vont se cacher au fond des chapelles
là où gisent les peurs informulées
là où s'étouffent les hontes trop honteuses
là où survivent les regrets
et pire encore
les culpabilités

L'écho n'est pas un écho. C'est le chœur de nos voix, et dans le silence que rencontre ma question de désespoir, j'entends le grincement de cette petite porte derrière laquelle se cachent les choses qu'il ne faut pas dire. Ne pas les dire parce qu'elles ouvrent des blessures qui ne cicatriseront jamais, parce qu'elles déterrent des masses informes de pensées qu'on refuse d'avoir, de sentiments qu'on refuse d'embrasser, et de fautes qu'on n'assumera jamais.

Ma faute, c'était de n'avoir pas su l'aimer, malgré. Tout, elle, moi, nous. Et je m'avoue une pensée qui traîne depuis ce matin dans ma tête : et si ?

Et si ça n'était pas elle qui avait vu en moi quelque chose d'elle-même qu'elle ne supportait pas ? Et si c'était moi ? Si c'était son visage à elle que moi je n'avais pas pu aimer ? Alors ça n'aurait pas été elle, l'effrayée par la mélancolie de sa fille. Ce serait moi. Effrayée par mes propres yeux, jaunes et tristes, dans les orbites de ma propre mère. Ce serait moi, celle qui n'a pas su aimer ? C'est moi ?

Félix les yeux brillants, aussi mauvais à ma consolation que je l'ai été hier à la sienne, lance *C'est pas toi, c'est pas toi, Nuria, c'est lui, c'est lui tout ça* et il pointe un doigt tremblant vers Garcin.

Qu'est-ce que t'en sais, p-petit mmmorveux ? Tu la connaissais à peine ! Moi je l'ai aimée trente ans ! La voix de Garcin a perdu ce grondement enragé qu'elle couvait. Il avoue cet amour qu'il n'a pas osé nous dire tout à l'heure. Miriam l'a compris encore plus vite que moi. L'une des seules ici qui sachent reconnaître l'amour. Elle a raison : on croit comprendre les gens qu'on aime, et Garcin est devenu fou à l'idée qu'il ne l'ait même pas connue.

Mais tais-toi, tais-toi… T'es ridicule. On sait tous ici comment tu la manipulais. T'es qu'un pervers, un vieux pervers !

Je ne te permets pas, tu ne me parles pas comme ça ! Rappelle-toi bien qui je suis !

Oh comment l'oublier… Elle non plus, elle me laissait pas oublier. Tu es toujours resté entre nous, c'est à cause de toi qu'on n'a jamais pu être ensemble, vraiment. À cause de toi ! Tout est ta faute ! Félix se lève, il tremble de colère, et Garcin, toujours avachi quelques rangs plus loin, le regarde avec des yeux que je ne comprends pas. Une grande tristesse mêlée d'une résignation peut-être. Tout son corps exsude son épuisement.

Félix, comme un enfant frustré de n'avoir pas agacé celui qu'il veut agacer, s'énerve plus encore. Au bord de ces larmes incontrôlables que donne la rage, il fond sur Garcin immobile.

Et devant lui, la tête vibrante, les poings serrés, toujours impuissant à rendre fou celui avec qui il veut se battre, Félix se fige. De son regard mouillé il sonde la nef, et remarque sur le banc d'à côté un missel abandonné. Il prend le livre à pleine paume, il le lève au-dessus de sa tête. De toute sa force, il jette le livre, qui frappe la tête de Garcin avec un bruissement de pages. Il reçoit le coup comme une claque, sa tête virevolte. Il la laisse pendre tristement contre son épaule.

Félix saisit le col de la chemise de cet homme loque, le force à se lever, il hurle des mots mêlés *pervers connard c'est ta faute*, et déchaîné par le silence de Garcin, il le pousse dans un élan furieux, et l'homme tombe au ralenti contre le banc, qui bascule. Alors lentement, si lentement que je n'y crois pas, le banc entraîne le banc d'après, et le banc d'après entraîne le banc d'après, et tous les bancs tombent, des dominos géants qui se carapatent l'un sur l'autre, jusqu'au dernier, dont Arnaud se lève in extremis en s'exclamant

Mais quelle catastrophe !

Cette phrase ridicule est la goutte d'eau, et je ne peux plus retenir un éclat de rire. J'ai toujours aimé ces atroces vidéos compilant les chutes de maladroits anonymes.

Félix qui n'a pas même essayé d'aider Garcin, qui n'a pas même justifié sa haine envers ce pauvre type, Félix entend mon rire et se retourne vers moi. Il me lance le regard le plus noir que j'aie jamais vu, et prise en faute encore, pas la main dans la confiture cette fois, plutôt la moquerie dans la cruauté, j'étouffe mon rire. Je lâche un minuscule *pardon* qu'Abel seul entend. Il y répond d'un *mais c'est quoi ce délire* discret.

Ma méchanceté d'un instant intime à Félix de se racheter une âme, lui qui vient de battre un vieux monsieur et d'abîmer un lieu sacré. Il s'accroupit pour aider Garcin à se relever, il a l'air embêté, mais pas tant que ça, comme s'il savait que Garcin ne lui en voudrait pas. Il tend une main à l'homme par terre et dit *Allez viens, Papa.*

Arnaud pousse un *Oh !* sonore. *C'est ça qui t'a rendu fou, pauvre vieux ? Oh là là.* Et bizarrement, Arnaud paraît rassuré de comprendre, son monde s'est arrangé d'un ordre nouveau qui lui convient. Abel me prend par la main, *viens on va remettre les bancs avant que l'autre relou débarque*.

Alors qu'on relève les bancs, chacun à une extrémité pour les soulever, Abel me regarde d'une tête penchée *Pourquoi tu souris ?*

Je souris ? Je sais pas. Je sais pas pourquoi. Ils me font rire.

Je souris de la bouffonnerie de ce père et de ce fils, je souris de la violence risible du morveux Félix, je souris de leur fâcherie. La rage de Garcin contre Miriam, contre Salomé, contre Arnaud, le désespoir de Félix, je les vois naître de ce même amour pour un chaos qui est la vie. Je souris de leur vie.

Je souris de voir une autre filiation, autre que celle que j'essaie d'inventer, avec tous ces gens qui m'entourent et me donnent des contradictions. Je souris de voir un fils briser le cœur de son père, avant de lui tendre la main. Ça me donne le rêve que tout se pardonne, même huit ans de silence. Je souris de réapprendre en regardant ces deux couillons qu'être enfant, être parent, ce n'est pas une histoire de goûters en rentrant de l'école, de souvenirs à la plage en été, de mots d'amour, ce n'est même pas une histoire de claques qui échappent, de devoirs pas finis, de déjeuners trop longs où tout le monde s'ennuie. Je souris d'eux qui m'apprennent par accident qu'aimer c'est s'en vouloir, et encore en vouloir.

Félix prend son père dans ses bras, son père blessé, pas dans son corps mais partout ailleurs, et je souris encore de voir ce fils jeter toute la faute sur son père et toute la faute sur lui-même.

Excuse-moi, Papa, excuse-moi. Tu sais, je voulais pas te la prendre, je savais pas que… tu l'aimais comme ça. Je savais pas. Tu le montrais pas. J'avais pas compris.

Garcin a la voix basse et perd son bégaiement. *Oh, ma bichette, personne ne pouvait la prendre, tu ne m'as rien pris. C'est moi, c'est moi qui n'ai jamais su l'aimer, c'est moi qui l'ai aimée à moitié.*

Leur étreinte se défait et Garcin dont je ne vois que le profil à contre-jour, et plus les rides, plus les cheveux mal rangés, plus la chemise déboutonnée, rien que le profil d'un homme qui pourrait avoir tous les âges, toutes les histoires, confesse

J'avais peur de lui donner ce qu'elle voulait, qu'elle ait de moi ce qu'elle voulait, et qu'elle me laisse. Comme les autres.

Un monsieur comme lui, un vieux schnock, un homme qui a déjà vécu la majeure partie de sa vie, même quelqu'un comme lui a cette peur. La peur d'être abandonné. La peur de ne pas être aimé. Et pour s'en prémunir, il n'aime pas trop fort.

Sans prévenir, le diacre jaillit en furie *Qu'est-ce que c'est que ce boucan ? Mais vous vous moquez de moi ? Et le missel par terre, qu'est-ce qu'il fout là vous dégagez*

Alors on dégage.

De retour dans la chaleur du boulevard de Magenta, l'irréel de ce qui vient de se produire m'assomme. Je reçois en pleine gueule la bataille des missels, le carambolage des prie-Dieu, les gesticulations, les soupirs, les insultes, les *oh* les *ah* d'Arnaud, les regrets les remords les souvenirs amochés. J'en ai trop entendu et pas ce que je voulais. Pas de parce que.

C'en est assez pour un dimanche. L'heure de la sieste est déjà passée mais je ne rêve que d'une chose, mon lit, un thé et un film idiot. Je me mets à rêver de siestes au bord de l'eau, à cette après-midi avec Maja et Papa, tous les trois endormis sur le sable noir de l'Anse Couleuvre, et après on était allés se baigner. Je me brûlais les pieds mais refusais de porter mes méduses : Papa, lui, marchait pieds nus, il était si fort qu'il n'en avait pas besoin.

Je crois que je vais y aller. Mais Félix peut me contacter, hein Félix, tu passeras mon numéro ? Merci. À bientôt ! Et je prends Abel par le bras et je pars. C'est la fin. J'ai tout vu, j'ai trop vu, je n'en peux plus. Je veux quitter le navire un sourire aux lèvres, une joie en dernière page, je veux garder d'elle le souvenir de ceux qui l'aiment, se demandant pardon, se jurant d'un sourire de s'aimer à leur façon, en souvenir.

Loin du boulevard de Magenta, je rêve d'une eau calme, une eau qui ne bouge pas, et m'apprête à tourner dans la rue des Récollets pour rejoindre le canal Saint-Martin.

Je marche vite, Abel trottinant derrière moi, quand j'entends Arnaud qui m'appelle en courant. *Nuria, Nuria, attends ! Pfou, tu galopes hein, ah la jeunesse ! Quelle après-midi, n'est-ce pas ? À l'image de ta mère...* Je ne lui rends pas son regard amusé. *Je me suis dit qu'il fallait que je te parle de quelqu'un. Il faut que tu la rencontres.*

IX.

Les histoires entre les gens, c'est fait pour se terminer. Tiens, tu veux du sucre ?

Il a les yeux rouges et doux, d'avoir pleuré, d'avoir aimé toute la nuit quelqu'un qui est mort. Il m'a fait un thé vert. On s'est assis tous les trois autour de la grande table en bois brut au centre de cette gigantesque pièce qui est une entrée, un salon, une salle à manger et dans un coin une cuisine aussi. Abel a demandé s'il pouvait fumer à la fenêtre, gentiment Benoît lui a répondu *ça t'ennuie de pas fumer ici ? Je veux pas qu'elle voie* et il n'a pas fini sa phrase, il a changé de sujet, il m'a demandé *ça va, il est pas trop infusé ?* J'ai secoué la tête.

Benoît et Abel ont pris du thé noir, avec du lait. Ils ont un peu le même air, tous les deux. Comme un sourire qui ne les quitte pas, même quand ils ne sourient pas. Ils sont assis en face de moi. Je fais glisser mes pulpes sur les rainures du bois. Abel, nonchalant toujours, a le bras qui pend derrière le dossier de sa chaise, Benoît est vissé tout au fond de sa tasse de thé. Il a l'air triste. Sa tristesse est si douce. C'est la tristesse parfaite, et la voir sur ses traits défaits me caresse le cœur. C'est la tristesse que j'ai cherchée sans jamais la trouver sur les visages de tous ces gens, les amis les amants, tous ceux qui l'ont aimée.

Pas une furie qui tremble, pas Félix; pas un jet de vieilles rancœurs, pas mon oncle et ma tante; pas un spectacle de mystère, non, pas Salomé; pas l'amour mal possédé, pas du tout Garcin; pas la tristesse de circonstance, pour un vieux souvenir d'une bonne action presque oubliée, pas Miriam.

Avant Benoît, je n'ai pas trouvé cette tristesse-là, la tristesse juste. Elle est comme on veut la tristesse des autres. Assez visible pour attiser une gentille compassion, assez discrète pour ne pas embarrasser. C'est la tristesse qui ne fait semblant de rien. Ni drame ni légèreté. La terre a sursauté mais elle continue de tourner.

La tristesse de Benoît prend la place qu'il faut. Elle fait assez de bruit pour qu'on ne puisse rien dire, assez de bruit aussi pour que le silence suffise. On se tait.

Derrière les deux garçons, la fenêtre est maintenue entrouverte par l'enjambement de l'espagnolette, et je sens un filet d'air. C'est le même vent qui agite les arbres des Buttes-Chaumont. L'appartement donne sur le parc, et la fenêtre entière est un écran de verdure. Des chênes, des platanes, des je-sais-pas-quoi, mais j'ai envie de donner leur nom aux arbres. Les arbres sont des chênes et des platanes. Les arbres sont verts et leurs feuilles bougent avec le vent. Mon thé est chaud. Personne ne parle pour ne rien dire. On est dimanche.

Benoît se lève, il marche lentement jusqu'aux enceintes à côté de la cheminée. Sonne une chanson encore plus silencieuse que le silence même.

I see trees of green, red roses too
I see them bloom for me and you
And I think to myself: what a wonderful world

J'aime ces moments entre deux. Ni avant ni après.

Entre nous, au centre de la table, une corbeille d'abricots.

Je peux ?

Bien sûr.

Je l'ouvre en deux, Papa m'a appris qu'il faut toujours vérifier s'il y a des fourmis à l'intérieur. S'il y en a, il faut leur rendre leur abricot. Il me montrait le geste, ouvrant dans la voiture les abricots qu'on venait d'acheter au marché d'Aix, l'été en vacances chez Maja. Elle adore les abricots, et elle dit toujours *chez nous, on n'a pas cet abricot-là ! L'abricot des Antilles, il est très bon, mais pas comme celui-ci, le nôtre il est tout marron dehors*.

Je croque. L'abricot est mûr comme il faut. Le jus coule, je rattrape au dernier moment la goutte d'un coup de langue.

Benoît habite la place qui lui est donnée. Il remplit naturellement les silences et les champs de vision. Il façonne les espaces autour de lui, et ses vêtements aussi. Son jean a pris la forme de son corps, les plis aux genoux, les rainures blanches à la hanche, pas jusqu'à l'usure, seulement jusqu'à l'habitude. Sa chemise en lin est exactement à mi-chemin entre le neuf et l'usé. Il a quarante-sept ans, l'âge de ma mère. C'est la première chose qu'il m'a dite, presque en ouvrant la porte. Qu'ils s'étaient rencontrés en fêtant leur anniversaire dans le même restaurant. Qu'ils étaient nés à quelques jours d'écart, la même année. Qu'ils avaient vécu une belle histoire. Il me l'a dit avec simplicité, un besoin de confesser et aussi une pudeur. Il n'a pas dit plus, il n'a pas dit moins. Il a dit ce qui s'était passé.

Vous vous voyiez encore ?

De temps en temps, il fallait bien. De toute façon, je ne sais pas désaimer les gens ! Il hausse un poil les épaules, fataliste. *Vers la fin, on se voyait moins. Je ne savais pas quoi faire pour elle. Elle ne voulait plus être suivie. Je lui avais recommandé un confrère, ça a marché pendant quelques mois, et après… Elle n'y est plus allée.* Il décroche ses lunettes de son nez, il presse ses sinus entre le pouce et l'index. *Qu'est-ce que je pouvais faire, moi ? Elle avait plus envie, juste plus envie.*

Un *non* grave m'échappe. *Non non non*, une répétition sans précipitation, une vague qui se soulève. *Non.* Je suis indignée mais je n'élève pas la voix. Benoît écoute, et à ceux qui écoutent, pas besoin de crier. *On se tue pas juste parce qu'on n'a plus envie, ça suffit pas, l'envie qui se barre, pour se tuer. Autrement, le lundi matin, tout le monde se jetterait par la fenêtre !*

Benoît replace ses lunettes, appuie son dos contre la chaise, croise les bras.

C'est pas l'envie qui est partie, pas exactement. C'est le désir. Elle a perdu le désir. Et sans le désir, on n'est plus rien.

Mais le désir de quoi ?

Le désir tout court. C'est une force qui nous projette au-delà de nous-mêmes. Une chose irrésistible qui donne des rêves. C'est ce truc qui nous fait pleurer de rage parce qu'on n'est pas encore ce qu'on aimerait être. C'est le désir. Le désir tout court. Il inspire tout. Il inspire nos déceptions, de l'avoir trahi, nos douleurs, de l'avoir oublié, et surtout, le désir qu'on écoute, il inspire notre amour. De l'autre, et de soi.

mon amour
de quelle couleur es-tu ?
couleur amitié couleur Maja
pas couleur désir plutôt couleur soupir
mon désir n'est pas celui que je vois
dans les films ni dans les yeux d'Elsa
je crois que je n'ai jamais connu
le désir de l'autre si près de moi
qu'il donne l'illusion d'avoir compris
enfin quelque chose à quelqu'un
puisque de moi-même, je ne saurai jamais rien

Non, je ne connais pas ce désir. Je ne le comprends pas. Je ne comprends pas.

Et le désir de mourir ? Elle l'a eu, ce désir-là, elle l'a gardé.

Il soupire. *On oublie, souvent, mais on a toujours le choix. Elle, elle a jamais oublié que vivre, c'est un choix, et comme pour tous les choix, il y a une alternative. Alors elle est retournée d'où elle est venue.* Il jette un œil à son thé. Il souffle dessus mais n'y trempe pas ses lèvres.

C'est ce qui lui donne plus de courage que tous les morts-vivants qui traînent leur carcasse sans jamais décider de leur vie, sans que rien n'ait de sens, sans jamais se demander pourquoi, sans espérer rien de plus que ce qui est, sans persévérer dans leur être. Tous ces gens qui ne veulent rien, qui ne changent rien, et ne vivent pas comme ils désirent vivre, mais comme ils ont toujours vécu. On n'est rien sans désir. Elle, elle s'est vue n'être rien, et elle n'en a pas voulu.

Il me regarde et ses yeux veulent se planter dans mon cerveau. *Il faut du courage pour être heureux, Nuria. Il faut s'efforcer de comprendre, nos réactions, nos sentiments, il faut toujours chercher les causes pour comprendre. Et quand tu auras reconnu les causes qui te donnent de la joie, celles qui augmentent ta puissance, celles qui t'extraient du temps et te donnent à goûter l'éternité, provoque-les, ces causes, efforce-toi de les vivre à chaque fois que tu le pourras, car seulement ainsi, ton désir deviendra joie, et seulement ainsi, ta vie sera heureuse.*

Et je te jure, Nuria, qu'un jour vient où les causes t'apparaissent, un jour, tu vois – tu comprends les sources de ta joie –, et les autres ne te paraissent plus si loin, et ton existence plus si insensée,

et ta mélancolie, elle reste, Nuria, ce petit vide dans le cœur avec lequel tu te réveilles quelquefois, cette cascade de larmes qui ose pas se jeter de ta gorge, la brume que tu serres sous tes paupières certains matins, et tu ne les ouvres pas, parce que si la brume s'échappe, elle s'infiltrera partout, dans tous les coins obscurs de ta vie à demi vide et à demi voulue,

et tout ce temps que tu passes au bord de l'existence, tout ce temps qui passe et te frôle et te laisse au bord de toi, et tu pourrais jurer que c'est pas toi non c'est pas toi, ces vies entières que tu n'habites pas,

et ces gens que tu as aimés et que tu ne sais plus aimer, parce que les mots t'échappent quand ils t'écoutent et tes oreilles s'en vont quand ils te parlent,

et ces amis ces amours que tu quittes avec un soulagement, et un désespoir égal, un déchirement qui te ferait hurler si tu avais encore une voix, si tu croyais encore tes cordes vocales capables de vibrer, le son capable de voyager, si tu croyais encore ton corps t'appartenir,

et ces jours interminables et pourtant c'est dingue il fait déjà nuit,

et ces nuits, long cauchemar, où ton esprit remue et tes membres se nécrosent, tu es clouée sur une table de dissection comme une blatte que l'éther n'aurait pas parfaitement tuée, tu te persuades chaque minute un peu plus que le jour ne se lèvera jamais, et ces fragments, ni diurnes ni nocturnes, lumière invisible, temps disparu, sous ta langue au fond de ta gorge dans le nœud de ton ventre,

la peur,

la peur, toutes les peurs qu'un jour tu as ressenties, toutes toutes toutes, et l'unique qui vaille, la peur de jamais avoir été aimée par personne, jamais pour de vrai, parce que personne nulle part ne t'a jamais vue, personne nulle part ne t'a jamais comprise,

et cette honte à en vouloir aux autres qui ne savent pas t'aimer, quand, au bout de la nuit, l'aube inespérée éclaire ce secret que tu as passé la nuit entière la vie entière à te cacher: c'est toi, l'incapable d'aimer,

rien de tout ça ne disparaît, Nuria,

ni la mélancolie, ni la peur, ni la honte, ni le temps qui passe et ne passe pas,

mais un jour, à force de chercher la joie,

à force d'entêtement à déterrer sous les apaisements fugaces la source du désir,

un jour, à force de pourquoi – et ils te paraîtront l'agitation ridicule d'un cloporte gesticulant sur le dos –,

et tu douteras cent fois qu'il y ait même un chemin, qu'il y ait même une raison, et qu'il y ait autre chose à espérer que la résignation,

un jour, tu trouveras la vérité source de joie,
je te jure, Nuria, je te jure que tu la trouveras,
et ce jour-là, et tous les jours d'après, la certitude de sa possibilité sauvera tes poumons des vagues,
et ta bouche entrouverte à la surface sera toujours effleurée par l'écume,
et tu sentiras toujours le sel sous tes narines,
parce que t'es foutue comme ça – jusqu'au dernier jour, le sel glacera ton sang –
mais tu ne te noieras pas
plus jamais la mer ne te submergera
plus jamais Nuria

bats-toi pour ton désir
attise-le comme un feu qui réchauffe et ne brûle pas
attise-le comme le feu du jaune de tes yeux

Je ne sais pas quels sont les mots sortis de sa bouche et quels sont ceux sortis de ma tête. Tout s'est mélangé. Ça n'a pas d'importance.

Par faiblesse, j'aurais pu penser : c'est le destin. Au bon endroit au bon moment, entendre les bons mots de la bonne bouche. Mais je ne crois pas au destin. Je ne crois pas non plus au hasard. Je crois au mûrissement des pensées, dans un mouvement impalpable, inobservable, au mûrissement des pensées derrière un voile parfaitement opaque qui dissimule le processus jusqu'à l'éclosion. Et si les mots d'un autre, dans la vraie vie ou dans un film, une chanson ou un livre, prétendent avoir fissuré le cocon, je sais que ça n'est pas vrai. La pensée d'un autre qui nous frappe ne surprend pas. Au contraire, elle se reconnaît et entend, derrière la paroi, notre chrysalide murmurer les mêmes mots.

Alors je ne sais pas quels sont les mots que Benoît a dits et quels sont les mots que j'ai entendus. Ça n'a aucune importance : de ce qu'il a dit, je n'ai pu entendre que ce que déjà je pensais.

Il a dit le désir que j'ai tué.

Le désir refusé par elle, le désir frappé au visage par son absence, cent fois humilié par son indifférence. La blessure fondamentale, lacération première d'une mère qui n'aime pas sa fille. La douleur, plus grande que toutes les autres, si ancienne qu'elle est devenue sourde, et j'ai prétendu ne plus l'entendre.

Mais elle glapissait encore quelque part au fond. La douleur, on ne la tue jamais. On fait avec. Les gens disent *on fait avec*. Je n'ai pas pu tuer la douleur. Alors j'ai tué le désir. Pour que jamais personne ne m'arrache le cœur comme elle me l'a arraché. J'ai tué le besoin de l'autre, le besoin de quoi que ce soit, et j'ai cru me faire stoïcienne en ne voulant rien. Mais j'ai eu tort.

Je ne savais pas. Je ne savais pas qu'au commencement était le désir. Moi j'appelais « désir » cette envie primaire de l'autre contre soi, j'appelais « désir » ce qui mène au plaisir. Un désir du corps, du cul, le désir qui halète et lèche et brûle mes lèvres. Le désir érotique n'est que la déclinaison la plus simple du désir tout court. Il donne une joie primaire, qui remplit l'instant.

L'autre joie, celle qui guide mon cœur et mon corps vers l'autre et moi-même, je n'ai jamais appris à la provoquer. Au contraire, je l'ai empêchée, à force de mesurer, limiter, contrôler mon désir. Pour atteindre la joie, je dois le faire jaillir.

Par lâcheté, par peur d'échouer à réaliser mon désir, j'ai préféré la facilité d'une existence qui perdure à l'éclosion de mon être. Il n'y a qu'un désir, le désir, et il n'y a qu'un feu, du fond du cœur au bout des yeux. Il n'y a qu'un feu.

Dans le miroir de la salle de bains, je n'ai pas reconnu mes iris morts comme la scarification de mon désir tué. Je ne savais pas. Je ne savais pas. Je ne savais pas, j'étais trop jeune, je ne savais pas qu'on n'est rien sans désir.

Elle, est-ce qu'elle savait ? Et son désir à elle, qu'est-ce qui l'a tué ?

Mais pourquoi ? Pourquoi elle a perdu son désir ? Elle l'a foutu où, son désir ?

Pourquoi, pourquoi… Je ne sais pas pourquoi, Nuria.

Une petite fille à la peau pâle débarque dans la pièce.

Oh t'inquiète pas, les adultes, ils savent jamais pourquoi !

Elle est déguisée en fée rose et violette, un jupon en tulle pailleté et une baguette étoilée qui clignote.

Quand j'ai demandé à Papa pourquoi il y a des choses rouges et d'autres choses jaunes, il a dit qu'il savait pas ! La petite fille est outrée. *Et que c'était pas grave de pas savoir toujours, parce qu'on s'habitue à pas savoir !* Scandalisée. *Bon, pff, ça, moi ça me plaît pas, hein. C'est comme ça qu'on se transforme en adultes ! Faut qu'on fasse attention, moi je veux pas ça du tout. Tu t'appelles comment ?*

Nuria. Et toi, c'est quoi ton nom ?

Moi c'est Zoé.

Zoé tend sa baguette magique vers moi, donne un petit coup de poignet, et les rubans satinés accrochés à l'étoile virevoltent. Elle me jette un sort

Tadam vite ! C'est ce que je comprends.

C'est un gentil sort, j'espère, Zoé.

Bah oui, je suis pas une patate. C'est un sort pour rendre les gens heureux, Papa, je fais pas de magie noire moi ! Excédée par son père qui ne sait même pas ça.

Tu l'as trouvé où, ce sort ? Dans le livre de magie que je t'ai offert ?

Non, c'est la dame qui me l'a écrit. Avant de partir.

Elle fait voler son jupon, dessine des ronds en l'air avec sa baguette, ça la fait rire.

Benoît marmonne qu'elle invente sans doute, *elle adore raconter des histoires !*

Zoé danse toujours. C'est fascinant, l'insouciance des enfants. Adolescente, j'en avais peur, parce que je les sentais capables de tout, prêts à faire n'importe quoi si l'envie leur prenait. Les enfants, ce sont des puits sans fond de désirs. Tout en eux porte cette urgence qui rend le désir irrésistible, tout devient besoin, chaque vœu doit être assouvi pour que leur cœur ne se brise pas. Je n'ai jamais compris pourquoi les enfants capricieux, ceux qui hurlent dans la rue, pleurent comme des fous, étaient si durement jugés. Leur intensité me les a toujours rendus attendrissants.

trouver le doudou ou mourir
avoir la glace au chocolat ou mourir
jouer avec les grands ou mourir

Zoé dansant sous nos yeux est à cet instant même entièrement guidée par son désir. Elle désire danser : elle danse. Et son désir change, alors elle plante ses deux pieds dans le sol et se tient droite, présidant debout la table où nous sommes assis. *Mais, Papa, c'est vrai, c'est la dame qui me l'a donné!* Elle tend sa main sans baguette magique, la paume ouverte grand, et en capitales tremblantes, le long de sa ligne d'amour, est écrit *TAEDIUM VITAE. La dame a dit: c'est un mot pour les gens heureux.*

Zoé est agacée qu'on doute d'elle. Elle montre à chacun de nous son petit poignet en fronçant les sourcils. Quand nos yeux se croisent, je vois passer au fond des siens un éclair. Une couleur que je crois reconnaître, un marron clair brillant couleur de feu, couleur de lave fumée, couleur d'œil maudit. Jaune?

Je me surprends à rêver un instant. Je ne serais plus seule   mais sans doute j'invente. Je cherche sur le visage de Benoît une réponse, mais son regard est bas. Il a laissé une larme s'échapper. Même pas un tremblement de la joue, même pas un rougissement du blanc de l'œil, pas un sanglot, rien qu'une larme. Elle roule sur sa joue, sur sa barbe de trois jours, sur son menton, elle tombe sur la table, le bois pas verni l'absorbe. Ça fait une tache. Je ne peux pas me détacher d'elle.

Je ne sais pas pourquoi elle est partie, Nuria. Je suis désolé, je ne sais pas pourquoi. Personne ne sait pourquoi. On n'a pas souvent les parce que, sur cette terre, non, pas souvent, et on se décourage de demander pourquoi, il ouvre son bras vers Zoé, elle vient s'asseoir sur les genoux de son père, *mais il faut jamais s'arrêter. Hein, petit loup ?* Il lui frotte le ventre en dessinant des ronds.

Tu veux jouer avec moi ? Moi je suis la fée. Ton copain il peut être mon cheval et toi tu peux être ce que tu veux. Hmmm, tu veux être un escargot ?

Un escargot, mais pour   et je ne pose pas ce pourquoi et je me tais et je vais jouer.

Crépuscule

tu es derrière moi contre moi
et moi en toi pour une fois
mes vertèbres qui s'encastrent dans ta poitrine
mes fesses elles s'écrasent sur la jointure de tes hanches
s'écrasent contre le muscle tendre de tes cuisses
je susurre
plus près
tu prends mon sein dans ta main
je gémis
pas de douleur ni de plaisir
de surprise
je ne savais pas qu'on pouvait s'enfoncer dans mon sein si profond
qu'il y avait assez de chair pour engloutir

ton index ton majeur jusqu'à ton petit doigt
plus près
imbriquée en toi couchés ensemble
mes fesses assises sur ton pubis je sens ta cuisse violente coller ma cuisse charnue
ton genou cogner mon mollet
je voudrais que ton corps tout entier longe mon corps tout à toi
plus près
je suis allongée sur le lit je le sais mais
(oui j'entends la mer dans mon oreille étouffée
contre le matelas)
(tu écrases de ta paume ma nuque contre les draps)
je le sais mais je n'y crois pas
croire quoi   la fibre fraîche de coton
sous moi
croire quoi   la lampe de chevet renversée
quoi les rideaux et le rouge du soleil bientôt
couché
quoi   un instant après maintenant?
mensonges !
au-delà du lit le néant
aucun tissu aucun objet aucune lumière
rien de ce qui est senti ne peut être vrai

si je peux au même instant toucher
entre mes jambes ce toi
contre ma nuque ton souffle
entre mes seins le plat de ta main
trop vrais pour que la matière elle-même soit
trop vrais pour croire en quoi que ce soit
d'autre que toi
plus près
mon épine dorsale lèche ton torse
insinuée entre tes pectoraux
et courbe descendante et double
s'enfonce jusqu'au creux de toi au centre de toi
plus près
je ne t'aime pas oh non
je te désire
moins que l'amour
l'amour perdure mais le désir fluctue
plus que l'amour
le désir une question lorsque l'amour répond
plus près
je te désire ?
ça veut dire
je te veux pour ce que je sais de toi
et je te veux encore pour ce que je ne sais pas

je te désire ça veut dire
plus près

Bah qu'est-ce qu'y a ? Pourquoi tu me regardes comme ça ? J'ai un truc sur le nez ?

Je me suis perdue à regarder Abel. Perdue dans mes rêves de nos corps ensemble, si vraisemblables que je doute de ne jamais lui avoir fait l'amour. En regardant le canal Saint-Martin, une cannette ruisselante à la main, je me suis perdue à désirer Abel. À voir un autre comme jamais je n'avais regardé. Pour la première fois, je désire quelqu'un d'un vrai désir, armée du courage de plonger en l'autre.

Abel m'éblouit de son soleil, et si hier déjà, je voyais son soleil, je ne l'ai pas laissé m'irradier avant cet instant. Ça doit être ça, regarder les gens pour de vrai. Les laisser nous éblouir, les laisser nous inonder, admettre leur réalité qui dépasse nos sens. Je bois une gorgée de bière, et pour faire diversion, je lui demande *tu penses à quoi ?*

À une brosse à dents, ha ha ! J'avais dit à Alex que je lui en achèterais une, pour sa meuf, elle passe son temps à la maison, mais j'ai oublié comme un con.

Ah, c'est marrant.

Quoi ?

Il y a des gens qui se suicident et il y en a d'autres qui se brossent les dents.

Abel me fixe, et presque imperceptibles, les commissures de ses lèvres s'étendent, par à-coups, à mesure que ses yeux s'éclairent. Il sourit, et ses deux fossettes sont la joie même, et ses boucles bordéliques et son t-shirt fluo et sa voix de miel mais non pas de miel, le miel n'a pas de son, sa voix de cithare et mon désir c'est lui et ma cause c'est lui et je demande

Pourquoi tu souris ?

Et il me répond

Parce que tu pleures.

C'est vrai. Je pleure. De tristesse : je n'ai aucun *parce que* et elle est morte. De joie : j'ai enfin *pourquoi* et je suis vivante.

Ceux qui l'ont aimée m'ont donné leurs *parce que* dépareillés. Je ne leur en veux pas. À une question répondent mille réponses, si l'autre répond sa vérité. On ne voit pas les choses comme elles sont, on voit les choses comme on est.

La vérité vraie, c'est que je ne pleure pas de tristesse. Je pleure seulement de joie. Ma mère ne m'a pas aimée, et je ne la regrette pas. Je ne lui en veux pas non plus. Au contraire. Grâce à elle, à sa mort, à ses amis étranges, méchants, sensuels, inconsolables, gentils parfois, frustrés, tendres, grâce à leurs cent explications absurdes à sa disparition, j'ai retrouvé le chemin.

J'ai retrouvé le *pourquoi tu ne m'aimes pas* et le *pourquoi* tout court, j'ai retrouvé le désir de quelqu'un et le désir tout court.

Je pleure parce que
il y a cent raisons de crever et une seule de vivre
le désir

Merci

à Baruch, Oscar et Salomé, Jean-Jacques, Sénèque, Tennessee et Blanche, Albert et Caligula, Jules et Jim, Louis et Elsa, Jerome et Zooey, Jean-Paul et les autres

de m'avoir prêté leurs mots et leurs idées, de m'avoir ouvert la conscience et soufflé le désir.

L'EXEMPLAIRE QUE VOUS TENEZ ENTRE LES MAINS
A ÉTÉ RENDU POSSIBLE GRÂCE AU TRAVAIL DE TOUTE UNE ÉQUIPE.

ÉDITION : Sylvie Gracia et Sophie de Sivry
COUVERTURE ET CONCEPTION GRAPHIQUE : Quintin Leeds
RÉVISION : Nathalie Capiez, Emmanuel Dazin et Isabelle Paccalet
MISE EN PAGE : Soft Office
PHOTOGRAVURE : Point 11
FABRICATION : Louise Clément
DIRECTION COMMERCIALE : Adèle Leproux
COORDINATION ÉDITORIALE : Thomas Garet
RELATIONS LIBRAIRES : Alexandra Profizi
PRESSE : Marie-Laure Walckenaer avec Lise Chaton
COMMUNICATION DIGITALE : Alice Huguet

RUE JACOB DIFFUSION : Élise Lacaze (direction), Katia Berry (grand Sud-Est), François-Marie Bironneau (Nord et Est), Charlotte Jeunesse (Paris et région parisienne), Christelle Guilleminot (grand Sud-Ouest), Laure Sagot (grand Ouest), Diane Maretheu (coordination), Charlotte Knibiehly (ventes directes) et Camille Saunier (librairies spécialisées)

DISTRIBUTION : Interforum

DROITS FRANCE ET JURIDIQUE : Bertille Comar et Geoffroy Fauchier-Magnan
DROITS ÉTRANGERS : Flore Gurrey
DROITS AUDIOVISUEL, THÉÂTRE, PODCAST : Alba Beccaria et Geoffroy Fauchier-Magnan
ACCUEIL ET LIBRAIRIE : Laurence Zarra et Lucie Martino
ENVOIS AUX JOURNALISTES ET LIBRAIRES : Vidal Ruiz Martinez
COMPTABILITÉ ET DROITS D'AUTEUR : Christelle Lemonnier, Camille Breynaert et Christine Blaise
SERVICES GÉNÉRAUX : Isadora Monteiro Dos Reis

L'ensemble de cet ouvrage a été réalisé dans le respect
des règles environnementales en vigueur. Il a été imprimé
par un imprimeur certifié Imprim'vert, sur du Lac 2000 PEFC
pour l'intérieur et une carte Crescendo PEFC pour la couverture.

La couverture et la bande ont été imprimées par Déjà Link
à Stains (Seine-Saint-Denis).

Achevé d'imprimer sur les presses de l'imprimerie CPI Bussière
à Saint-Amand-Montrond (Cher) en mai 2023.

IMPRIM'VERT®

PEFC™ 10-31-3068

ISBN : 978-2-37880-373-5
N° d'impression : 2070907
Dépôt légal : Août 2023

En France, un livre a le même prix partout.
C'est le « prix unique du livre » instauré par la loi de 1981
pour protéger le livre et la lecture.
L'éditeur fixe librement ce prix et l'imprime sur le livre.
Tous les commerçants sont obligés de le respecter.
Que vous achetiez votre livre en librairie, dans une grande surface
ou en ligne, vous le payez donc au même prix.
Avec une carte de fidélité, vous pouvez bénéficierd'une réduction
allant jusqu'à 5 % applicable uniquement en magasin
(les commandes en ligne expédiées à domicile en sont exclues).
Si vous payez moins cher, c'est que le livre est d'occasion.